청어詩人選 134

# 미래에서 온 세상

김승길 시집

청어

# 미래에서 온 세상

김승길 지음

발행처 · 도서출판 청어
발행인 · 이영철
영 업 · 이동호
홍 보 · 최윤영
기 획 · 천성래 | 이용희
편 집 · 방세화 | 이서윤
디자인 · 김바라 | 서경아
제작부장 · 공병한
인 쇄 · 두리터

등 록 · 1999년 5월 3일
(제321-3210000251001999000063호)

1판 1쇄 인쇄 · 2015년 3월 10일
1판 1쇄 발행 · 2015년 3월 20일

주소 · 서울특별시 서초구 효령로55길 45-8
대표전화 · 586-0477
팩시밀리 · 586-0478

홈페이지 · www.chungeobook.com
E-mail · ppi20@hanmail.net
ISBN · 979-11-85482-95-8 (03810)

이 도서의 국립중앙도서관 출판시도서목록(CIP)은 서지정보유통지원시스템 홈페이지
(http://seoji.nl.go.kr)와 국가자료공동목록시스템(http://www.nl.go.kr/kolisnet)에서
이용하실 수 있습니다.(CIP제어번호: CIP2015007118)

# 미래에서
## 온 세상

뇌 속에서 오랫동안 꿈틀거리던 씨앗들

소중하게 긁어모아 시로 작명하여 탄생시켰습니다.

서툰 생각들, 설익은 씨앗들

혼자만 소중하다고 심었지만 보는 이들이

너그러움으로 받아들여 채찍과 편달을 주셨으면 좋겠습니다.

설익은 씨앗들 탄생하게 도와주신 청어출판사 이영철 대표님과

아울러 수고하신 모든 이들에게 진심으로 감사를 드립니다.

– 을미년 초봄

김승길(아로信)

# c·o·n·t·e·n·t·s

# 3
## 탄생 때 입은 헌옷

# 4
## 각박한 삶의 현장

• • • • • 미래에서 온 세상

# 1
## 어머니가 남긴
## 사진

뭉게구름 사이로 이제 막 목욕하고 나온
해님의 미소
한없이 인자한 얼굴 속에 어머니 웃음
사라질 줄 모르고
내 언 가슴에 부채질 하시는 어머니 사진

# 어머니가 남긴 사진

어머니는 아버지 밥그릇부터 먼저 퍼 담으셨다
매끼마다 아버지 밥상이 앞장서서 걸었고
술타령 욕타령 하다가도 밥상만은 언제나 선두주자였지
먼저 보내시려고 그랬나 보다

아버지가 남기신 밥을 언제나 드셨지
아버지가 남긴 인생을 살다 가시려고 그랬나 보다
20년 후에 따라가신 어머니 뜻 이제야 고개 끄덕끄덕

칭칭 감긴 가슴 깊숙한 음달 올올이 성긴 실핏줄에서
엄니의 굼뜬 모습 덩실덩실 춤추고 세상타령 노랫가락
청정하게 내 잠을 후드득 깨워대고

오늘도 난 어머니 잡수시다 남은 밥그릇 따글따글 긁어대며
흉내라도 내보려고 어머니 그림자 따라 밟아본다
낮게 깔린 뭉게구름 위에 어머니 웃음꽃이 벙글고

어떻게 밥을 먹는 건지
어떻게 걷는 건지
이제야 하나 둘 깨달아가는 내 시린 가슴
자박자박 걷는 네 살 아기걸음걸이

뭉게구름 사이로 이제 막 목욕하고 나온 해님의 미소
한없이 인자한 얼굴 속에 어머니 웃음 사라질 줄 모르고
내 언 가슴에 부채질 하시는 어머니 사진

나는 누구의 남긴 밥을 먹어야 하나
내 밥 먼저 차려주는 이 있다면

한 숟갈 한 숟갈씩 문신 새기며 먹으련만

# 유권자의 서글픈 눈망울


흰밥만 먹고살려는 고집스런 사람이 있었습니다
아버지의 아버지가 흰밥만 먹는 유전인자 때문에
세상 사람들 검은 밥 더 좋아한다는 걸 늦게야 깨달았습
니다

검은 술도 검은 밥도 세상을 지배한다는 것 늦게야 눈치
채고
남몰래 검은 밥과 검은 술 조금씩 먹어 봤습니다
뱃속이 뒤틀리고 소화불량 걸려 온통 세상이 어지럽게만
보였습니다

세상 파도에 휘둘리며 멀미로 시달렸습니다
검은 음식이 입에 안 맞는 유전자 원망하며 가난하게 살
았습니다
세상은 흰밥을 외면하기만 하여 적응키 어려워만 갔습니다
흰밥이 흔치 않아 굶기를 밥 먹듯 살아야 했고

흰밥이 아버지 유언대로 몸에 좋은 지 나쁜 지 판단이 서
질 않고
검은 음식 땜에 꿈자리도 사나워 불면증에 시달리기도 했
습니다

흰밥에 중독된 그는 검은 세상 살기 힘겨워 어디론가 종적 감추고
아무도 본 사람 없어 어디로 갔는지 알 수가 없습니다
흰밥 먹으며 살았다는 사람 전설만 남기고 흔적을 감춰버린 지금
하늘도
온통 검은 옷으로 갈아입어버렸고, 검은 사람이 판치는 세상
흰 것은 죄다 검게 변색되어가고 검은 사람 득세하는 세상이 되고 말았습니다

하늘엔 하얀 구름이 먹구름 몸살에 거짓 춤추고 있습니다
검은 세상 사람들이 가장 싫어하는 하얀 비가 곧 쏟아질 태셉니다

# 초미생물 인생살이


진갈색 커피 방울 훨훨 날아올라 머나먼 고향으로 비행한다

차카타 큰딸 앤차카타 아들 엄마 쾨로바 세 식구 살아가는
모습
쾨로바 여인 새벽 별 헤이며 서쪽 하늘 먹다 남은 하얀 배
조각 바라보며
짙은 눈썹 힘들 오늘 다지느라 꼿꼿하게 일어서고
산비탈로 커피사냥 험난한 아침 다른 길이 없다, 이길밖엔

키보다 더 큰 자루 질질 끌며 비탈진 덤불 사이사이 처벅
처벅 디디며
커피열매 한 톨 두 톨 미세먼지 돈벌이에 안간힘인 초미생
물살이

쾨로바 여인 손에서 빠져나간 미세커피 세계 각국 날아가
맘모스로 성장 부자로 환생하는 미세커피 한 톨 한 톨
온갖 보석 몸에 두르고 귀족 중 귀족 세계각처로 퍼져나가
우아하게 폼 잡는 이들 앞에 아부아양 떨어대며 세계 유람
즐기고
재배커피 어깨 사정없이 누르는 자연산이란 이름으로 귀
족대접 받아가며

쾨로바 여인 슬픔도 고통도 잊은 지 오래 전
아들 앤차카타 오늘도 돈 달라고 징징대며 흰자위 굴러대고
동생 달래며 엄마 돕는 딸 차카타 동생 사랑으로 감싸는
엄마 실낱 위안

세계인 먹여 살리는 대가치곤 초라한 미세먼지 푼돈 한 잎
두 잎
기계처럼 살아가는 세 식구 괴로움도 사치에 불과
육안으로 볼 수 없는 미세인생들 주어진 운명이라 어쩌지
못하고

어제 오늘 내일 모레도
동티모르 맑은 하늘엔 두꺼운 햇살만 부글부글 끓고 있겠지

# 잘 산다는 것

이웃집엔 개가 살고 있다
짖지도 않는다
조용히 먹고 싸면서만 산다
태어나서 남을 괴롭힌 적도 없이 살아가는 이웃집 개

착하고 선하게
모범적으로
살아온 걸까

세상에 태어나
남에게 피해도
돕는 일도
한 번도 안 해보고

자기에게만 충실했던 삶이
제일 잘 산 걸까

난
오늘도
이웃집 개
눈여겨보며
나를 살아간다

# 옛날 어머니의 초상

안 먹어도
배부른 척
헛배 부르고
잔뜩 먹어도
같은 배 유지
체면 차리고

하늘에서 내리는
가난한 싸락눈 받아먹으며
헛배 채우고

늘 헛배 부른 어머니 속내
짐작 못하는 자식새끼들

배가 불러도 고파도
초연한 어머니
늘상 배부른 장독대 항아리 벗하며
헛배로 바라보는 세상 즐거움
자식새끼들뿐이었다지!

# 명절 후 높은 이혼율

아파트 앞 팔각정에 술 한잔에 흥거운 대가족
한가위 명절에 억지로 전통꽃 피우려 안간힘이다

천장엔 육칠십 년 자란 할머니들 튼튼한 가족 신뢰 안은
채 꽉 악물고
서까래 청장년들 대가족 전통 이어 받으라는 풍속에 안간
힘 다하고

우람하게 버틴 기둥 살아온 세월의 흉터와 건 버섯 무늬
도장처럼 또렷하고
나이테 늠름한 얼굴 가족신뢰 이으려 늙음을 마다 않고
바닥엔 DNA가 서로 다른 이족끼리 억지 며느리 노릇에
뼈와 살 휘어지고
추석 명절 한잔 술에 흥취 돋워 무늬만 화기애애한 억지표
정들
천장 위아래 옆 두루 무너질 염려 없는 천년 세월 흘러온
전통가족의 배
크고 작은 어린나무 널빤지 모두모두 한 몸 된 팔각정자

긴긴 세월 흘러온 핏줄 민속전통 인조가공 피운 추석맞이
웃음꽃
멀리멀리 두둥실 한가위 보름달 위로 합류하여 흘러가지만

하늘엔 외롭게 웃고 있는 자연 보름달

하지만, 하지만
명절 지나고 나서 서까래 대들보 기둥 하나 둘 삐뚤어지
고 빠져나가
부서져간다는 높은 통계 치에도 늙은 나무들만 무표정
팔각정 바닥 널빤지들 명절 없애야 한다고 아우성만 드높
아져 가고

희미한 구름 속으로 들어가는 둥근 얼굴 두 눈에선 눈물
방울만 주르륵주르륵

# 집중 훈련

깊이 숨어있는 나를 엿본다
나무가 된 나를 만날 수 있다
발바닥 문신에 판화를 조심스레 새겨 넣는다
예리한 칼날로 온갖 정성 다해 새겨 댄다

손바닥 손등 가슴에 배에도
꼼꼼하게 판화 새겨 넣는다
등짝에도 마음에도 굵직한 판화 깊이깊이 새기고

생활고에 시달려 메말라가던 야윈 글자들이 활활 살아 움
직이고
마음과 피를 꺼내 온갖 정성으로 새기고 또 새기고 파고
또 판다
나의 칼이 늙어죽을 때까지

내가 판 글자들이 무럭무럭 자라나
하늘 높이 날아올라 뭉게구름 헤집고 고독을 찾아 먹으며
높이높이 자라 올라
태양빛에 갈무리하고

우주를 날아다니는 나무
사색과 명상에서 자란다
나의 나무가 나의 인생이

# 창덕궁 문지기

어디서 왔을까
우람한 키
몇 살이나 됐을까

아주 어린 시절엔
개미에게 휘둘리고
아이로 자랐을 땐
등산객에게 짓밟히고
폭풍한설에 숨넘어갈 고비고비
보듬어 주는 이 없어
외롭게 자랐겠지

개미에게 물려가 한 끼 밥이 될 뻔
날짐승의 한입 콕이면 끝났을 생명이
웅장하고 늠름한 삶을 이어가는 지금의 숭고함
무한정 배급 받은 생을 꿋꿋하게 지키며
역사의 한 페이지 쓰고 있는데

애지중지 보살핌으로 세상에 태어난 난
무엇으로
생의 대가
찾아야 하나

# 노파와 어린이

배밀기 하며 상현달 향해 무럭무럭 달리던 초승달
턱 밑이 거무스레 청년 흉내 내는 상현달로 자랐다
큰 어깨동무 하고파 구름이 한 눈 팔 때 도망쳐 내려와
늙은 하현달 곁으로 살짝 다가가 어깨동무하자고
하현달 되어버린 노파 머리가 땅에 닿을 듯 입맞춤으로
가파른 길 걸어가고

하늘서 내려온 상현달 늙은 하현달 곁에서 몰래 땅에 입
맞춤 흉내로 쫄랑쫄랑
하현달 터덜터덜 숨 가쁘게 걷다가 이따금씩 허리 고무줄
쭉 늘려보는 땅달
하늘달도 흉내 내며 허리 쭈욱 늘려보고
땅속에 묻힌 그리운 남편에게 입맞춤인지 남편 살 냄새
맡음인지

하늘달 알 수 없어 고개만 갸우뚱 갸우뚱하다 소스라쳐
놀래 다시 추스르고
땅달 눈치챌까 봐 다시 가다듬고 일거수일투족 흉내 내며
찰싹 따라 붙어
꼬불꼬불 가파른 고샅길 자박자박 재며 어느새 사립문에
닿아
하늘달 땅달 이별이 못내 아쉽다

어깨동무 하려 했지만 손짓 눈짓 한번 다정히 못 맞추고
여운의 안개가 온몸을 감싼다

이 집 저 집 기웃거리다가 전봇대 은행나무 가로수와
어깨동무하며 달동네를 내려오는 하늘달
어린 상현달 작디작은 기와집 기웃거리다가 귀염둥이 강
아지들과
어깨동무하며 시간 가는 줄 모르고 뛰어다니다 말고
고개 들어 잠시 고향집 대문 바라본다

대문 열고 나오는 검은 구름 성난 얼굴로 쏘아본다
너무 많이 돌아다녔다고 회초리 들고 달려오려나 겁이 덜컥
성난 검은 구름 상현달을 덥썩 안아 품속으로 후딱 감춰
버리고

창가에 앉아 하늘만 하염없이 바라보던 늙은 하현달
심장마비로 갑자기 가버린 영감 구름 속으로 휙 숨어버리
는 기억 떠올라
하염없는 눈물만 주르륵주르륵
영감 그림자라도 보여 달라고 어린 상현달에게 애원이나
하려했건만

이불을 벌러덩 뒤집어쓰고 쓰러지는 하현달
영감을 만나러 기다란 꿈길 투벅투벅 걸어간다

# 실체 잃은 그림자

바다, 바닷물을 일러 바다라고 착각하는 걸까
하늘, 땅 위 공간을 일러 하늘이라 착각하는 걸까
우주, 달 별 태양 지구를 일러 우주라 착각하는 걸까

나, 너를 제외한 모두를 일러 나라고 착각하는 걸까
너, 나를 제외한 모두를 일러 자기라고 착각하는 걸까
우리, 우리의 설 자리 아슬아슬한 벼랑 끝

사랑, 서로 좋아하면
사랑한다고 착각하는 걸까

홀로그램 가상현실에
홀로그램 혼합현실에
길들여지는 인간들

직시할 현실은
어디에 무엇일까

겉
속
어디에 실체가
진정 있는 걸까

# 이기적인 동물

저 사람 성질 된통 까칠해
게 새우 가재보다 피부가 더 까칠한 사람
저 이는 언제 봐도 부드럽고 따뜻한 피부 지녔고

뼈가 밖에 있는 게나 가재
함부로 대하다간 상처 받기 일쑤

뼈를 살 속에 감추지 않고
껍질을 뼈 속에 묻어두고
부드러움으로 위장한 사람

간혹
뼈를 앙상하게 살 밖으로 내놓고 까칠까칠하게
살아가는 사람도 많지
점점 뼈를 노출하는 세상으로 변해가니

참, 무섭고
편리한 세상, 참 무섭다

# 늘 배고픈 동물


비
바람
흙
태양
식물
동물

시계
달력
세월
다 잡아먹고도
배부르지 않아 동족도 잡아먹고

마지막엔 자신을 잡아먹고
생을 마치는 동물이 지구상에 산다는데

# 저축할 수 없는 시간

나만의 비밀 금고나 벽장 속에 꼭꼭 숨겨두고
꼭 필요할 때만 사용하려 해도 자동 소멸 되어버리는 너

매일매일 마셔야 하는 물처럼
매일매일 사용해야 하는 돈처럼
매일매일 이용하는 공기처럼
사용하지 않으면 죽음 밖에 모르는 너
헤어질 수도 붙들고 있지도 못하고
평생 너를 끌고 다녔다고 생각하지만
네게 끌려 다니기만 하여 얄미운 너

나의 모든 걸
망가트리고
나의 모든 걸
만들어 준 너

이 세상 끝 날엔
반드시 이별해야 할 무정한 너

# 소멸하는 시간

너
파괴를 일삼고
지나간 자리엔 반드시 흔적 남기고
어제 완공한 건물에
금을 긋고 부스러기 만들지

너
1천조 분의 1로 쪼갠 펨토초로 샅샅이 살펴보니 파괴 흔
적 너무 많고
나노 보다 더 작은 흠집이라도 대수롭잖게 생각하는 너의
성격
머리카락 5천 등분 마이크로로 쪼개 살펴보니 파괴시킨
흔적 명확

너
시멘트 바닥
사람 얼굴
과일 나무 얼굴
난장치고 도망가 버리는 네 소행

나는
다
알고 있다

# 서민들 숨소리

큰 것은 늘 작은 것을 이기고
큰 것이 짓누르면 작은 것은 죽어버린다지

큰 것을 한 번도 이겨 본 적 없는 작은 것
큰 것이 부재중이거나 병들어 힘 못쓸 때
한 번이나 이길 수 있을까

지구상에 부재중이 한 번도 없는 큰 것
병드는 적 없는 우주의 큰 것들
어디로 가나 큰 것에 가려 작은 건 보이지도 않고
작디작은 것들 슬픈 울음소리 세상은 듣지 못하고
세상의 귀 작은 것보다 큰 것만 잘 듣는다지

굴뚝효과도 무망한 채 피 끓는 목젖을 곧추 세워도
듣는 귀 없는 암울한 세상
큰 것에만 익숙해진 귀들이라서

피 토하는 애통만 부글부글
듣는 이 없어 더 작아져만 가고

큰 소리에만 익숙해진 귀들
작은 소린 듣질 못하는 세상이라지

# 그리움

뚝 뚝 뚝 뚝

돌아서 보니 덜 잠긴 수도꼭지가 부르는 소리

따악 한 잔만 따악 한 잔만 하시다가 만취해버리시던
세상 뜨신 아버지 여운인가

마지막 가실 때의 여운 같아 흔들린다, 내 맘이 자꾸만

# 삭막한 토양의 뿌리들

눈이, 일등공신이라고 대접해야 한다고들
귀가, 더 소중하니 특급 대우해줘야 한다고들
코가, 냄새 맡고 숨 쉬니 더 귀한 존재라 높이 받들어야 한
다고들
입이, 먹고 말하니 참으로 중요하여 젤 윗자리에 모셔야
된다고들
손이, 모든 일 다 하니 젤 잘 모셔야 된다고들
발이, 몸뚱이 운반하니 가장 귀하게 모셔야 한다고들

손발톱이 화만 난다고 보이지 않는 내장 속 식구들이 분하
다고
날마다 노폐물 처리하는 부속품들 서럽다고
쉼 없이 생체 신제품 생산하는 기계들 서글프다고

인간들 근시안이라
높은 의자에 앉은 존재만 바라보며 박수치고 굽실대며
가장 소중한 존재로 우상처럼 받들고

공장에 덜컥거리며 숨 가쁜 기계소릴 듣질 못하고
세상 유용한 것 다 만드는 피 묻은 땀방울 보지 못하네
서러운 땀방울 핏방울 섞인 바람이 황망하게 불어오는데도
가장 밑바닥 핥고 지나가는 눈물바람

에어로졸 속에 숨 가쁜 생명들 우주를 덮고 있건만
높은 곳만 쳐다보는 대가리들 고개 뻐근함도 망각한 채
잠든 생명들

더
더욱
깊은 잠만
자고 있네

# 속사람

길바닥에 떨어진 돌멩이 하나를 줍는다

그 사람은 누구인가
말하는 것보다 하지 않는 부분
현재 하고 있는 일보다
해 놓은 일을 살펴봐야 하나
지금 하지 않으면서
앞으로 하겠다는 포부가 그 사람일까

겉포장 화려하다고
내용물 건실할까

도대체
그는 누구일까

길바닥에 뒹구는 돌멩이 같은 그는

도대체 누구일까, 나도

# 우주 시계

등산길 기도하며 걷고
기도하며 한 발자국 한 발자국 딛고
길바닥에 모진 고통 참아내는
휜 뿌리를 밟으며 기도하고
기도하며 낙엽을 밟고
돌 자갈 흙을 밟으며 기도하고

작은 낙엽 속에 봄여름가을이 숨쉬고
인고의 세월을 머금고 있는 나무뿌리들

기도 속으로 들어가는 발걸음
넓은 우주와 세상 만물 숨쉬고

자라고 있다, 죽은 나무도 함께

돌도 자갈도 자라고 있다, 쉼 없이

나뭇잎 속 아늑한 햇빛 비바람 꿈틀거린다, 세상을 노래
하며

삼라만상 한 몸 되어 어디론가 가고 있다, 멈출 줄 모르고

# 과거를 파는 노파

지하철 통로에 퍼질러 앉아 더덕과 푸성귀 파는 노파
또깍또깍 또깍 또깍······

출퇴근시간 고음저음 리듬 맞춰 지나가는 소나기만 물끄
러미 넋 잃고 바라보고
간헐적으로 쏟아지는 깍또깍 또깍 또깍 빗방울이 우르를
몰려오는 중
노파 앞으로 소나기 한 방울 툭 떨어지니
모진풍상 과거 한 다발 툭툭 털어 검은 비닐봉지에 담아
건네는 노파

노파의 과거는 주방 도마 위에서 툭툭 잘려나가고 가스
불에 달구어
다시 한 번 젊음으로 환생하려고 몸부림치고 새로운 에너
지로 탄생하여
누군가의 뇌 속 파고들어 한 세상 살아갈 것인데

노파는 멍하게 허공을 바라보며 간혹 한 방울씩 떨어지는
물방울 기다리고
그냥 스쳐지나갈 땐 아쉬움 달래며
먹구름이 한꺼번에 우르를 몰려오니 노파의 뇌가 번쩍 깨
어나는 순간

빠바라 빠빠 빠빠 빠 뇌성번개 선율타고 지하통로를 모질
게 뒤흔들어 대고
우르르 또 소나기가 한바탕 몰려와 깍또깍 또깍 또깍 소
나기 심호흡 멈출 때

노파는 잘못 살아온 찌꺼기 묻지 않게 탈탈 털며 향긋한
풋냄새 한가득 담아주고
때 묻은 과거 섞일까 봐 몇 번이고 털어대는 가슴 풋내음
지하철 통로 뒤덮고
어머니의 비린 젖 냄새 오가는 이들 가방과 호주머니에
우겨 담아 일터로 집으로 돌아가고

착한 중년 여인 노파의 과거 가져가며 실랑이에 노파가
먼저 손을 들고
지전 두어 장 더 얹어 주는 기 싸움 아름다운 매듭짓고

여인은 노파의 쭈그러트린 자존심을 도마 위에 올려놓고
또 난도질하며
위선의 웃음 흘리며 노파의 살아온 자존심까지 뺏겨 잠시
얼굴 먹구름 일고

푸성귀 더덕 출퇴근하는 이들 뇌 속으로 담배연기처럼 파

고들어 시든 화분 물 만난 듯
또깍또깍 또깍 또깍 우르르 한바탕 소나기처럼 몰려오고

노파의 아픔냄새 열등냄새 과거냄새 지나가는 소나기들
보지 못하고
텅 빈 지하통로 천정에 배여 있는 노파 얼굴로 소나기 툭
툭 한 방울씩 떨어지고

지하철 벗어난 거리엔 즐비한 점포들 반사광 화려함 속에
자기를 팔고 있는 점포들
모두가 열심히 팔고 있다, 과거를 미래를 파는 곳은 한 군
데도 없어

미래를 사고 싶어 종일토록 헛수고, 미래를 아는 이 하나
도 없어서일까

# 끝없는 욕구

필요한 것 손바닥 안에
다 들어있다

백과사전 새겨진 손바닥
지식백과사전
외국어 사전
손바닥 안에 잔글씨로 살아있고

찾아보면
들여다보면
부족함 없이 가르쳐 주고

세상사 풍족한데
하루 종일 허기 느껴
쉴 틈 없이 시달리는 군상들

만능창고 스마트폰이
현대인을
더 배고프게만 하네

• • • • • 미래에서 온 세상

# 2
## 좁쌀생각

토양이 없으면
죽어버리는 씨앗들

# 갇혀있는 늙은 개

하루 두세 번씩 사람을 몰고 공원으로 나오는 개

개주인의 구십 노모 개처럼 아들 몰고 산책하고 싶어 안달복달
개아들 개어머니를 절대로 몰고 나오질 않는다
목욕도 미장원도 자주자주 모시고 다녀 아들 잘 만나 호시호강 하는 개
개밥상 앞에서 밥맛 챙겨 조아리고 있는 정성 없는 정성 다 바치는 개아들

노모는 개자식 잘 못 둔 죄로 첩첩산골 요양원 의자에 묶여 붉은 노을 바라보며
하염없이 눈물짓고 개자식 기다리기에 눈이 짓무르고 구멍 뚫린 지 오래 전
개아들 잘못 둬 개고생하며 살 수밖에 없는 개가 돼버린 노파

한두 시간도 함께 못하는 안개와 동무하며 세월을 지새우는 개어미
평생 걸어온 걸음걸이 잊어 먹고 자꾸자꾸 뒷걸음 옆걸음질만 쳐대고
끝에 닿지 못하는 뒷걸음질 익숙해진 개어미

보는 이 간섭하는 이 없어 편안키만 한지 모든 걸 안갯속
에 던져버리고
아무도 들어주지 않는 군담으로 배불리고 살찌운다

개어머니는 개 같은 세상 개 같이 살아가면서도 혹시나
개자식이 찾아올까 봐
종일 남쪽 산모퉁이만 응시하고 앉아
차라리 처음부터 개로 태어났으면 더 개다운 세상을 개같
이 호시호강하며 살 것을, 후회하고 또 후회한다

속이 새하얀 까마귀 한 마리
요양원 지붕 위로 뿌지직 똥을 갈기며 날아간다

# 좁쌀생각

생각
살아있는 것

마음
뜻대로 안 되는 것

정신
잠에 잘 빠지는 것

토양이 없으면
죽어버리는 씨앗들

# 생의 미련

먹다 남은 음식
쓰레기봉지로
쓰다 남은 돈 다시 제자리로
하다가 만 사랑 침 뱉어 던져버리고
살다가 죽는 인생
남은 가족 가슴에 버리고
좋다가 만 건 미련 속에 묻어두고

편안하게 갈 수만 있다면

# 미래에서 온 세상 1
– 초빅데이터

시월 중순 등산로 양쪽 울타리
노란 옷 입고 줄을 선 나무들
두런거리며 풍기는 가을 입 냄새

저어기 꾸물꾸물 기어 올라오는 게 뭐냐, 으응 개미야 개
미, 눈 밝은 산딸기나무가 냉큼 대답, 땀을 뻘뻘 흘리며
다가온 개미, 너희들 언제 이렇게 노오란 옷으로 갈아입
었니

비사리나무 완전 노란 옷, 신갈나무 얼룩 옷. 너희들 어떻
게 때맞춰 옷을 갈아입니, 우린 우주에서 가장 성능 좋은
초대형 컴퓨터가 있지, 수억만 년 전 만능 앱을 개발해 깔
아 놨지, 노랑 빨강 갈색 초록 옷 오차 없이 척척 찾아 입
는다고, 개미들은 너무 미개해서 따라오지 못할 걸, 얼마
전 세월호 사건 때 나쁜 개미 하나 잡겠다고 수천 명 설레
발치며, 수백 대 차량 동원되고, 온 개미동네가 시끌벅적,
한심한 짓거리였어, 세월호의 아픈 뒷맛 아직도, 검은 구
름처럼 슬프게 노려보고 있는데

우린 간단한 방법이 있지, 나쁜 개미 몸의 부스러기 하나
만 있으면 수천수만 개 DNA 복사해 초빅데이터에 입력
만 시켜, 나쁜 개미에게로 초광속 레이저빔 쏘면 금방 소

재를 파악하지, 개미 네가 앱 하나만 다운 받아 뇌에 깔면 현재 너의 뇌 속 회로가 어떻게 작동할지, 컨디션 어느 정도인지, 에너지 얼마나 발산할지, 기분은 어떤지, 종합 데이터를 내서 몇 시 몇 분에, 산 정상에 도착할지, 미끄러지면 어느 방향으로 넘어지고, 얼마나 충격이 가해질지, 땀은 몇 미리가 분출될지, 올라가다가 몇 번 쉬어야 하는지, 누굴 만날지, 무슨 생각할지, 훤히 파악할 수 있어, 우린 잎 꽃 열매 피고 지는 것 홍수 풍해가 일어날지, 미리 알고 피하지, 수억만 년 세월 동안 한 번도 고장 없이 지켜온 초대형 컴퓨터 초빅데이터 프로그램이라고

개미들 아무리 벤치마킹하고
과학을 떠들어대도
수만 분의 일도 따라잡을 수 없을 걸

개미야
작디작은 개미야
우리가 사용하는 앱 하나만 깔아줄까

그럼
넌 개미 중 왕 개미
왕 개미 중 초월 개미

초월 개미 중 절대자 개미
절대자 개미 중 초월신 개미
초월신 개미 중 우주 법칙의 개미
우주 법칙의 개미 중 뭐가 되겠니

바로 우리가 지금 살아가는 이 모습
깨닫는 작디작은 개미가 될 걸, 아마
ㅎㅎㅎ~

# 대인관계

사진으로 보면
조화나 실화가
똑같아 보이고

그림으로 보면
조화나 실화가
똑같아 보이지

조화나 실화가
똑같은 건 아니고

종종 조화에게
실화처럼 홀리고

실화를 보고
조화라고 하찮게 대하기도 하고

조화인지
실화인지

찬찬히 살펴가며
살아갈 일 아니겠는가

# 영전 앞 잡담들

아침에 일어나
하나하나 찾아서
순서대로 지우고
매일매일 지워도 지워도
끝나지 않는 것들

건성으로 지워지기도
마뜩찮게 지워지기도
보이지 않아 지우지 못하기도

목록의 순서대로
피하지도 못하고
지우고 또 지우며

긴긴 인생길
날이 어두워지고서야 후회한다
꼭 지우지 못하고 보내버린 하루의 아쉬움
해지고 캄캄한 밤에
삼삼오오 모여 앉아
되살아날 수 없는 영정 앞 죽은 소리들
정작; 가버린 이는 듣지도 못한다는데

# 안갯속 사람

사람이 걸어온다
가짜인가 진짜인가
얼굴이 가짜인가 진짜인가

5만 원 권 한 상자 가짜인가 진짜인가
연인끼리 걸어간다
가짜사랑인가 진짜사랑인가

참 말을 잘한다
참말인가 가짜 말인가

가짜는 더 진짜 같고
진짜는 가짜에게 못 이겨
비실비실 하는 세상

진짜 가짜 한 몸으로
유유상종하며 낄낄대는 세상

어느 걸 믿어야 하나
차라리 둘 다
믿지 말까, 믿을까

# 자갈가족

일 년 만에 어머니를 만나는 날
셋째는 십자가 둘째는 석불 메고 석양 무렵 사립문을 밀
치고 들어서고

회오리바람 장남 눈썹을 매섭게 할퀴니 안간힘 다해 급부
레이크 밟고 나서
가슴을 쓸어내리며 엎어진 물 두 손바닥으로 가슴에 쓸어
담는 장남

행님 동두서미도 모른당가요 고기 머리는 동쪽 꼬리는 서
쪽인디
아이쿠 작은 성님 아무렇게나 놓먼 어째서 그런다요
자아 자자 씨잘떼기 읎는 소릴랑 그만 허고 엄니께 절이
나 올리자

막내는 엄니헌테 절도 안 헐라먼 뭘라고 왔냐
둘째 성님은 나만 보먼 큰소릴 질러 난 우상엔 절 같은 거
안 허는 거 모른다요
이 씨끼가 엄니 만나는 날꺼정 그려

두 아들 공손히 절하고 한 아들은 어머니 밥상 외면하고
고개 숙여 중얼중얼 ?*+=~?#?!……

어머니 만나는 날 한바탕 파도가 금년에도 예외는 아니었지

큰성님 전번에 밭에 길 나면서 보상 나온 건 어찌됐소
니는 꼭 엄니 만나는 날 그런 야그를 해야 쓰것냐
성님 막내가 평소엔 연락도 않다가 오늘 작심하고 나타난
이유를 모르겠소
또 한바탕 파도가 온 집안을 휘몰아치고
입 꼭 다물고 술만 마시는 장남 눈엔 검은 핏방울 툭툭

우리 형제는 절대로 그럴 일 없다고 모임마다 큰소리쳤던
가슴 속 멍을
툭툭 털어내려고 훌쩍훌쩍 마셔댄 술 정신만 멀뚱멀뚱해
지는 장남

이눔들아!
내년부턴 나 안 올란다
엄니 엄니 그라먼 안 되죠 흑흑흐흑

동서 이럴 줄 알았으면 우리 먹을 건 두고 상 차릴 걸
글쎄 말이요 형님 제상엔 빈 그릇들만 킥킥 깔깔 깔깔 깔
잘하신 일이구먼 내년에도 어머니가 죄다 싸 가실 거야
히히 히히 호호 호호

내년부턴 젯상 차리지 않을지도 몰라
그 덕에 우린 이제 편안하게 생겼어 동서
ㅎㅎㅎ ㅎㅎㅎ
상 위의 빈 제기들이 좌충우돌 요란하게 웃어대며 조잘대고
하늘엔 갑자기 먹구름이 곤두서 난무를 추다가 우르르쾅!

산제사나 잘 지내라 이것들아!

# 눈 뜨고 살기

새벽이 깨어난다

눈이 제일 먼저 깨고, 손 발 허리 어깨도 뒤따라 깨어나
고, 뇌 속 모든 회로 깨어나, 인지세포를 흔들고, 전두엽
전부피질 해마 편도체가 꿈틀꿈틀, 오늘이라는 프로그램
에, 빛이 삼투압 되어, 전신의 잠을 깨우려 배낭을 짊어지
고 늦잠 취한 대문을 흔들어 깨우고

반 잠을 깬 이들 지나가며 담배꽁초 껌 아무데나 뱉어대고
가래침 휴지 쓰레기 툭툭 던지며 지나가는 반 잠 깬 이들
많고 많아
새벽 어스름 가로등을 투덕투덕 밟아 잠을 깨우며
평생 반 잠만 깨고 반 잠만 잘까 봐 조바심 챙겨가며

깨워도
깨워도
잠에서
헤어나지 못하는
잠을 깨우려고

나는
새벽길 자박자박 등산길 걷는다

# 4년마다 짓는 제비

목욕 한 번 하지 않아도 깨끗하다고들 칭찬이 자자
휘황찬란한 가면으로 최고의 귀족자리 누리며 화려함 자
랑하고
올망졸망 딸린 시녀 시남이 흐르는 코까지 닦아주는 고관
대작의 신세
저울대에 올리기도 전 측정이 필요 없는 위력을 과시
4년마다 집 지을 땐 길바닥 똥이라도 주워 먹는 시늉으로
집만 지으면 누가 뭐래도 4년은 너끈히 살 수 있어서

마루 밥상 가리지 않고 똥 찍찍 갈겨대며 하얀 비듬가루
풀풀 날려대도
언제나 최상급 양심자로 대하는 처마 끝 제비
한 동네 사는 참새완 평가 기준 하늘땅 차이
제비는 살아있는 나뭇가지엔 절대로 앉지 않는다고 결벽
증 앞세우는 위선

눈코입귀 다 뽑아주고 지은 집 4년만 사는 게 안타깝지만
여의도 어느 화려한 집 처마에 집만 지으면 그만
여기에 비길 행복이 또 이 세상 어디 있으랴 어깨춤 덩실
덩실 더 덩실

귀먹고 눈먼 제비들이 풀풀거리고 날아다니는 세상

이젠 제비가 익조가 아니란 걸 다 알고 있다는 것조차 자
신만 모르고
멍청이가 점점 되어가고 있는, 세상에서 젤 잘난 체 어깨
에 힘주는 못난 제비들
둘째 가라면 서러운 간사한 제비

# 고달픈 숙명

등산로에 허연 내장 뼈를 드러내놓고 서럽게 우는 나무들

나는, 살면서 누구의 속살 뼈를 밟았던 적 있었던가
누구에게 내 뼈를 밟혔던 적 있었던지 곰곰 되짚으며 조
심조심
속살과 뼈 들어내 놓고 울부짖는 신음소리 내 뼈를 사각
사각 후벼대고
태어날 때 살 속 깊이 묻어놨던 뼈 짓밟히고 뭉개져
살점 죄다 벗겨져버린 등산길 나무뿌리 하얀 피 주룩주룩

견디다 못한 등산길 뿌리 비 내리는 어느 날
입에 잔뜩 머금은 물 작심하고 뎃걸이 한판으로 경고 보
냈건만
귀먹고 눈먼 등산화들 서러운 울음 뒤로 한 채
나만 편하면 그만이라는 등산화들 이기심 웃음만 낄낄 낄
등산로 나무들 귀먹고 눈먼 세월을 질겅질겅 씹으며
저 만큼 서 있는 동료들 부럽단 생각 이미 오래 전

나는, 한 발자국 한 발자국 조심스레 내딛는다
지금까지 살아온 걸음걸이 되씹으며

# 사람값 천차만별한

길가에 세워둔 오토바이
싸구려 모텔 앞에 고개 숙인 승용차
노숙인 몸에서 살아가는 옷
전동차 안에 우글거리는 사물들
저마다 신분 따라 처세하기 바쁘고

골프장 필드에 휘날리는 골프채
일류호텔 국빈대접 받으며
폼 잡고 살아가는 사물들
태어날 때부터 유전자 달라
품격 쓰임새 따라 다르게 사는데

인간만 평등하다고
입에 발린 소리들

서글픈 귀만
가난한 눈만
부모 잘못 만난 입만
슬프게 울어댄다

평등이란 거짓말 중에
으뜸인 걸 어쩌랴

# 요란한 뒷북소리

하나 둘 셋…… 느티나무 가로수 이파리 세다말고 그만둔다

내 뇌 속엔 철근보다 무거운 느티나무 입자들 모여 있고
전신엔 매서운 세월에 얻어맞은 진갈색 느티나무 이파리
같은
세포들이 숨을 헐떡거리고 있고

6십조 개가 넘는 미립자, 십 배나 많은 농구선수 평균 키
1미터 80센티만큼 큰 키의 세포 속 유전자, 세월의 아픔
꼭 안고 몸부림, 한 줄로 손잡으면 지구 25만 바퀴를 돌 수
있는 그들, 기억에 강한 칼자국을 내며, 생명체 속에 저장
된 슬픔 오래오래 갈무리하여 미래에 전하려고 몸부림

가을과 겨울은 엎치락뒤치락, 선두를 정하지 못하고 뒤죽
박죽, 진갈색 머릿속에, 미친바람, 슬픈 비, 서러운 짠물,
기억 중추에 입력하느라, 세어버린 느티나무 이파리들

봄여름 내내 진도 앞바다서 불어오는, 마른 눈물 삼키느
라, 파파할머니 되어가고, 저승사자 요란 떨던 칼바람에
묻은 눈물 콧물, 북악산 중턱으로 기어오르려다가, 땅 속
으로 스며버려 여운마저 사라져가고
세월을 바라보고, 물속에 빠져버린 세월을 탓하며, 오가는

그리움
땅속 깊이깊이 묻혀, 소리마저 타들어 그림자도 보이지 않고
허상만 붙들고 죽은 새끼 고추 만지듯
여기저기 뒤엉켜 망령 난 북소리만 허공으로 날아다니고

세월 세월
바다에 점벙 빠져버린 세월호
실체는 보이지 않고 그림자만 구름 낀 하늘로 하염없이 날
아다니며
둥둥 두두둥둥 둥둥 두두둥둥
박자도 무시한 요란한 뒷북소리
온 동네 선잠만 깨워댄다, 슬프게도

# 숨가쁜 을

보도블록 틈새 밟히고 밟힌 길경이, 담장 틈새 명아주나
무, 강아지풀, 민들레들 작디작은 꽃 피우고 열매 맺어 한
세상 진지하게 살려고 안간힘이다

길바닥 담장 틈새에
자식 낳고 가족을 거느리며
한 평생 기어 다니는 모습 안쓰럽기만

지하철 계단 전동차 안 좁다란 길에도
질경이는 짓밟히며 살아가고
한쪽 다리가 꺾여버린 명아주나무
한 팔이 꺾이고 뿌리를 허옇게 드러낸 민들레
삶을 빌려가며 진지하게 살아가고
누군가가 좁쌀햇빛 한 톨만 툭 떨어트려도 붉은 얼굴 되
살아나지

전철 안 길바닥은 보도블록 골목보다 인색한 곳
나노메타 보다 더 작은 햇빛 한 알에도 고마워하고
머리카락 오천 번 쪼갠 마이크로 햇빛에도 감지덕지하는
생명들

가장으로서 어린씨앗들 기르며 진지하게 살아가지

천조분의 일초만큼의 펨토초 햇빛 한 알 한 알 구걸하려
혼신을 다하고

몰인정한 세파에 헐떡거리다가도 밤이슬 한 방울 마시고
난 아침
생기발랄하게 방싯거리며 발길에 짓밟힌 허리 다시 펴며
진지하게 일생을 살아가는 길바닥 인생살이 경건하기만
하다

눈이 나빠 보이지 않고, 눈이 없어 보지 못하고, 자기 옷
섶만 여미느라 못보고,
무자비하게 밟고 또 밟고 지나기에만 바빠서

# 잃어버린 나

남을 위해 집 한 채 지었지

음습한 욕실에 사는 셀 수도 없이 많은 곰팡이
습기 찬 구석구석 세균들 몰래 밤나들이 나온 거미 사람
을 놀래키는 바퀴벌레
숨어 사는 진드기 육안으론 볼 수 없는 각종 이름 모를 미
생물들

남을 위해 집 한 채 지었지

별 수 없이 난 수많은 식구들 틈에 세 들어 살고
세상에 태어나 남을 위해 잘한 일이라고

남을 위해 집 한 채 지었지

하루에도 10만 가지 생각들 미생물처럼 뇌 속 차지하고
이랬다
저랬다
그랬다
잡생각에 휘둘러 세 들어 살고 있는 나의 뇌

설 곳도 살 곳도 잃고 한 평생 세 들어 살고 있지

# 미래에서 온 세상 2
### - 삼라만상 센서부착


나쁜 도둑놈이 가져갔네
약수터 처마 밑에 걸렸던 시계
도둑년이 가져갔을 수도 있잖아요

에디슨 스티브 잡스가 말한다

물건마다 센서 입력하여
스마트폰에 앱을 깔면
도둑놈 도둑년 싸잡이로
욕 안 잡수실 테지

에디슨 스티브 잡스가 말한다

십 년 전 저승가신 우리 영감 우리 할멈
우리 교회 목사님 우리 성당 신부님 우리 절 큰스님
천당 지옥 극락 갔는지 스마트폰으로 위치 추적
만물 인터넷시대 잃은 물건 살아있는 생명체 추적하며

에디슨 스티브 잡스가 말한다

인간과 인간 사이 비밀 아닌 비밀까지 훤히 알 수 있는 세상

# 저승 문턱

오가는 이들 무관심으로 지나간다

길가에 앉아있는 할머니와 버려진 박스와 나란히
택배아저씨에게 쿡쿡 차이고 밟히고 내팽개쳐 늙어버린
둘

오랜 세월에 빛바랜 할머니 하얀 머리카락 골골이 패인
나이테
헝클어질 대로 헝클어지고 수분 빠져버린 머리카락
규격 맞춰 곱게 태어났던 사각 몸뚱이 상자
유효기간 머잖은 할머니와 동석한 너덜너덜한 동병상련
침묵언어 깊어가고

어쩌자고 석양은 붉게 단장했는지
하염없이 바라보며 눈만 껌뻐억 껌뻑
한 입에 집어 삼킬 거라면 조용히나 먹을 일이지 저리도
곱게 차렸을까

한 입에 꿀꺽하려는 석양의 저승사자
원망도 여한도 사치라고 묵묵히 앉아만 있고
헌 박스 헌 할머니

아름다운 저녁노을에도
미풍에도 솜털 하나 미동 않는
헌 박스 헌 할머니

아마, 삶의 마지막 달관인가 보다

# 만능심부름센터

업무상 과실을 상대방께 사과하기
껄끄럽지만 돈 몇 푼이면 대신 사과해 주고
전화로 대신 사과 3만 원
대면 접촉하여 사과 15만 원
교육연수 대행 3시간짜리 15만 원

부모에게 효도 대행
애정 표현 서툰 남편 사랑 대행
몸 튼실치 못한 사람 질병 대행
결혼 못하는 이 결혼 대행
인터넷 댓글 대행

돈만 있으면 만사 대행으로
손쉽게 통과하는 세상

어디 대행으로 죽어 줄 사람 없을는지
참 좋은 세상: 나쁜 세상

# 정답 찾기

젊어 보입니다아, 늙었다
나이 안 들어 보입니다아, 나이 들었다
동안입니다아, 늙은 얼굴이다

이제야 철들었다아, 철이 없다
그래 니 자아알했다아, 잘못했다

산을 오르지 않는다고 생각한다, 정상에 올라왔다
집안청소 안 한다고 생각한다, 말끔히 청소됐다
침묵한다고 생각한다, 참말만 했다
사랑해 사랑해애, 안 사랑할 수도 있다
대단해요 대다 안, 대단치 않다
존경합니다아, 존경 안 할 수도 있다

침묵한다, 말을 하는 것이다; 참 말만

# 고장 난 인생

똑똑하고
영리한
커피자판기

액수만큼 값어치
딱 맞게 빼내 주지

싼 것 비싼 것
셈해보고
차려내 놓고

실수도
거짓말도
하지 않는
정확한 커피자판기
간혹 병나면 실수하지

고장 나지 않아도
실수하고
거짓말도 예사로 하는
자판기만도 못한 인간들

# 어물어물 하루


오늘이라는 또 하나의 명제
손가락으로 계산
짐작으로 계산
스마트폰으로 계산

오늘의 비용은
친구 지인 친척
사업 파트너
다정한 연인
만나는 비용
카드 속 미래 현금

오전
오후
무엇을
어떻게

아이쿠
계산하는 사이
소중한 시간
다 도망 가버렸네!

# 살아온 그림자

간밤에 온 세상을
하얗게 만들었다
하얀 보료 깔린 눈길 걷는다

누군가의 발자국
삐뚤삐뚤한 걸음걸이
투벅투벅 걸은 시커먼 발자국
악취가 풍기는 더러운 발자국
털이 난 발자국

찬찬이 살펴본다
다행이다
내 발자국은 아니다

이제부턴 조심조심
근신하며 걸어야겠다

# 3
## 탄생 때 입은 헌옷

언제쯤 이 땅에
골고루 따스한 봄날이 올까
출생 때 입고 나온 헌옷
벗지도 못해서
춥다
너무 춥다
잔뜩 얼어붙은
이 땅이

# 따뜻한 온정

창밖에 은행나무
하얀 이불 덮고
온몸 시려 오들오들
회색 옷 입은 비둘기 한 마리
평생을 한 벌 옷으로 사는 가난한 비둘기
은행나무가지에 앉은 비둘기 품새
있는 대로 부풀리고 쭈그려 앉은 초라한 모습
더더욱 가난해 보이지만

옷 자랑 하는 게 아니라네
눈발에 젖은 아까운 옷
곱게 말리려고 부풀린 것도 아니라고
한겨울 은행나무 얼부푼 몸 따뜻하게
평생 입을 하나밖에 없는 옷으로 정성껏 덮어 준다고
비둘기 온정 은행나무가지 뿌리에서 온 전신으로 퍼지고

따르릉따르릉 따르릉 구세군 자선냄비
동전들이 툭 툭 툭
비둘기 은행나무 하얀 눈 모두가 화기애애

마른 전깃줄에 보이지 않는
온기 집집을 찾아 겨울을 적선 하는 중

# 탄생 때 입은 헌옷

한기가 온몸을 감싼다
전기스토브를 켠다
두 손 가지런히 모아 붉은 얼굴에 기도를 드린다
온 나라 안을 시끄럽게 하는 한기 간절히 기도드린다

난로에 불을 지펴도 한기는 도망가지 않는 인정 메마른
추위
배가 추운 사람
주머니가 시린 사람들만
용케도 잘 찾아다닌다

철탑 위에서
굴뚝 위에서
기름배 부른 사람들이 먹어대는 음식 냄새
뼈로 맡으며 오돌오돌 떨고만 있고

언제쯤 이 땅에 골고루 따스한 봄날이 올까
출생 때 입고 나온 헌옷 벗지도 못해서
춥다
너무 춥다
잔뜩 얼어붙은
이 땅이

# 관성의 노예

오늘도 무슨 그림 어떻게 그릴까
하루의 출발 화필을 드는 아침은 환하게 열리고
매일 그린 그림 지우거나 고치지도 못하고
습관처럼 비슷한 그림 그리기만 하고
비슷하면서도 똑같은 그림 없지만

해가 뜨고
달이 뜨고
비가 오고
똑같다는 생각에 빠져 또 그리곤 하지

나는
똑같다고
착각하며

나는
비슷한 그림을 그리며
매일 그 길을 지나가고 있다

# 가젤인생

그는, 아침에 거울 보며 넥타이 머리 손질하고 씽긋 웃으
며 자신과 약속
초년병 말단 사원이지만 가젤기업 사장냄새 온몸에 묻어
시속 20km 이상 미래를 향해 달리고
3년 연속 20% 이상 쑥쑥 자라는 최첨단 디지털 인간

그는, 뛰고 달려 현세맞춤으로 단련시켜 뇌 속 왕자복근
돌덩이 근육으로
가젤인간으로 손색없이 만들어 내면은 이미 가젤

그는, 미래는 없고 현재로 움직이고
옥상 텃밭 배추가 그의 절친
펨토초도 쉬지 않고 익어가는 은행 알이 그의 어깨

그는, 현재가 미래와 결합하여 가젤인간 성장 향해
생기 넘치는 최첨단 향해 쉼 없이 달리며
가젤기업
가젤사장
가젤인간의 가젤삶 누리며 살고 있는 중
지금 미래를 야금야금 씹어 먹으면서

## 어느 실업자의 망중한

전화기를 들고 무작위로 다이얼을 눌러본다
일곱 단위 숫자를 누르면 통화중이기도 하고 누군가가 받
을 때도 있고

여자 남자
아이 어른
노인 젊은이

아무게 집 아닙니까
아무게 좀 바꿔주세요
잘못 걸어 죄송합니다
화내거나
상냥하거나
욕설이거나
웃음이거나
반드시 되돌아오는 반응

벼락을 맞거나
복권이 당첨 되거나
수많은
가능한 일
수많은

불가능한 일
반드시 되돌라 오는 일

세상 산다는 것
인생살이란 것
반드시 들어있는 비밀들

어떻게 살아야 하나

# 인생재수

에에 참!
땀을 뻘뻘 흘리며 집으로 되짚어야 하는 발걸음에 진흙짜
증 철퍼덕 철퍼덕
사람을 제 맘대로 가지고 노는 동거녀 깜빡 잊고 나선 길
손바닥에 얹어 놓고 동거녀 얼굴 왼쪽 오른쪽 위아래로
애무하고서야 맘 놓여
귀한 시간 18분이나 싹둑 잘라 먹어버리고 시치미 뚝 떼
지만 싫잖은 스마트폰
왔던 길 찬찬히 살피며 재수생이 되자고 위안하며 동거녀
그윽이 내려다본다

대학 가려고 재수 삼수까지
대학 사 년 마치고 간신히 직장 끈을 잡고서도
적성 맞는 직장 찾아 다시 대학재수 직장재수
아이 낳고 십 년 살다말고 결혼재수
십 년 동안 죽자 살자 물고 빨며 익힌 사랑 다 버리고
사랑재수에 열 올리고
닥치는 대로 콕콕 찍어 먹고 헤매는 담보 없는 재수인생

작년에 피었던 쑥부쟁이, 명아주대, 달개비, 길경이, 강아
지풀, 잔디 꽃, 까마중나무, 꽈리나무들 일년초라 당연하
다며 공원 귀퉁이서 재수하느라 정신없고

소나무, 신갈나무, 굴참나무, 개나리, 진달래, 배롱나무들
다년목이라 필요 없는 재수
풍성하게 팔을 쭉쭉 뻗어 올리는 기상 끝없는 하늘을 찌
르고

나도, 재수 삼수 사수라도 해 한 번쯤 잘 살 수만 있다면
미련으로 가득 찬 인생살이 선뜻 재수나 해볼까

저승 가서 잃은 물건 가지려 다시 온다면야 재수 삼수 사
수라도 마다 않을 텐데……

# 갑과 을

두릅 취나물 한 줌씩 앞에 두고 지하통로에 앉은 노파
시간은 손아귀 속 모래알처럼 줄줄 흘러 뼈와 살가죽을
훑고
일 분 이 분 부스러기 긁어모아 한 줌 두 줌 팔아가며 살
아온 인생살이
녹슨 세월 삐꺽삐꺽 무릎관절 허리 마디마디 비명소리
세월을 팔다가 지쳐 부스러기 다 된 몸 슬프게 핥아댄다
시간 부스러기 속에 썩어갈 노파의 녹슨 육신덩어리
갑자기 어느 날 지하방 출입문 계단으로 새어 나오는
머리카락 울음소리 갸릉갸릉
뚜벅뚜벅 오가는 발자국들
어느 누구도 눈길 돌리지 않고 지나가고

할머니 집 건너 햇볕촌에 차떼기 채소장사 아저씨
간밤에 갑자기 심근경색 발작했다며
오가는 입들 쉴 틈 없이 재잘거리고

거창한 병원으로 긴급 수송된 차떼기 채소장사 아저씨
수십조 원이 넘는 돈 어쩌고 저승 갈까 염려되는 발길들

남의 땅 현금 재산 얼만지 계산해대는 햇볕촌 이웃들
온 동네가 재벌 입원한 인류종합병원 쪽을 향해 떠들고
하늘 높이 걸려 미소 짓는 차떼기 아저씨 얼굴

# 마지막 길

길가에 쓰러져 있는 자전거 살 날도 많이 남은 때깔 좋은
얼굴
술 취해 길바닥에 쓰러져 있는 취객도 있지
사람이 넘어져 있으면 취객이겠거니
자전거가 넘어져 있으면
곰곰 생각해보면 둘 다 비정상이지만 자전거에 신경 더
간다는 사람도 있고

사람이 넘어지는 장소 따로 정해져 있는 걸까
사람이 마지막 넘어지는 곳 어딜까
인생길 마지막 장소에선 뭘 해야 할까
일찍이 떠난 사람들 마지막 장소 어디였을까

마지막 장소에서 무엇을 무슨 말을 했을까
마지막을 버리고
다음 생의 첫 장소는 어디가 좋을까
천당과 지옥
극락과 낙원
어디가 좋은지

생각해보는 건
살았을 때
혹여 환상은 아닐지

# 미래에서 온 세상 3
## – 태양의 수명


타고난 수명 다하여 죽어버린 태양

섭씨 1천만 도 뜨거운 너
열정적인 너도 이젠
젊음 다 사라지고
힘없는 어린애가 되었지

5십억 년 무사히 살았던 조상들도 영원할 줄 알았는데
또 5십억 년이 어느새 지나버려 지구의 생명체들 사형시
키는 너
우주 자원 지혜 모아 너를 만들었지만 인공 한계 점에 닿고

우직스럽게 믿어 왔던 창조신도 늙어 수명을 다해
나 몰라라 내팽개쳐버려
우주 모두가 죽음에 달하고
믿었던 과학의 민낯도
믿어왔던 절대신도
자취를 감춰버리고

온통 앞뒤 분간할 수 없는 암흑 세상
생명이 살 수 없는 무용지물인 지구덩어리

# 뇌속

전철 안 가득 찬 사람들 가방 하나씩 지니고
무엇이 들어 있는지 무척 궁금하다
내 가방도 잘 모르면서 남 가방 시선 꽂히고

어렸을 때부터 많은 것들 가방 속에 우겨 넣으며 지나온
세월
점검할 땐 어디 둔 줄 몰라 애를 먹기도 하지
사람마다 가득 찬 가방 부족하다고 넣으려고만 애쓰고

하늘에 둥둥 떠다니는 가방엔 더 많은 게 담겨 있다고
첨단 과학도 우주 가방에 물건 십 분의 일도 모른다고
내가 들고 다니는 가방 속 십 분의 일도 모르지

알다가도 모르는 게 가방 속

참말도
거짓말도
척척 해대는, 가방(假房)

# 밝은 눈으로 세상보기

잠이 덜 깬 새벽길
자박자박
길바닥에 발자국

누구 소리인지

길바닥 유전자
신발의 유전자

누구 소리인지

조용히 듣고
찬찬히 살펴봐도

누구 소리인지

싸우는 사람들
투쟁하는 정치가

누가 옳은지

돈 버는 기업가

공용된 노동자

누가 번 돈인지

소리
일어나는 일들
누구 소행인지

세상엔 온통
알 수 없는 것들만
시끌시끌 살아가네

# 반성과 소원


할머니가 당산나무 아래서
온갖 정성 다 바쳐
두 손 모아 싹싹 비는 걸
보았었다

엄마가 교회에서 절에서
온갖 정성 다 바쳐
두 손 모아 싹싹 비는 걸
보았었다

아빠가 사장님께
온갖 정성 다 바쳐
두 손 모아 싹싹 비는 걸
보았었다

나는 술 취한 어느 날
아내에게 온갖 정성 다 바쳐
두 손 모아 싹싹 빌었었다

아무래도
내 유전자는
속일 수 없는 모양이지

# 침묵언어

나무는 말이 없다
입이 수십 개나 되지만 사계절 내내 말이 없다

나무는, 계절 따라 참 많은 말을 한다
침묵하며 말을 한다

나무는, 계절마다
다른 말을 한다

인간은, 나무 말 알아듣지 못하고
거꾸로 걸어 다니고
거꾸로 먹으며
거꾸로 살아가고
거꾸로 사는 걸 모르며
열심히 거꾸로 산다

나무의 침묵 말을 보면
인간도 똑바로 살 수 있다고
침묵으로 말하고
말로 침묵하며
인간을 바라보고 있는 나무

# 고장 난 거울

어슴푸레한 먼동이 피곤을 어루만지며 미적거리고 있을
때
담 너머로 폴싹 뛰어내려 늘 있던 자리에 허리 구부린 채
누워있고
세상에 있는 짐 다 짊어져 허리가 굽고 발가락 뒤틀리고
일요일 제외하곤 매일 만나지만 늘 새 얼굴이라 반갑다

화장 짙게 하고 날마다 성형하여 비뚤어진 탈을 쓰고
호사를 누리는 녀석도 우리 동네엔 서너 명 있다지만
우리 집 대문 매일 넘어오는 녀석 언제나 민낯이지
얼굴엔 꾸물꾸물 갓 태어난 벌레들 줄 맞춰 헐떡거리며
애원하기도 하고 비상의 칼 품고 협박 아닌 협박을 하기
도 하고
사람의 심금을 쪼개는 벌레들 제 맘대로 꾸물거리지

똥 묻은 소리 칭찬 여러 이야기 듣다 보면 한 시간이 죽어
버리고
그와 나는 동일체가 되어버리지

거울 속엔 불량식품 유익한 먹을거리 뒤죽박죽
혼란스런 몸짓하며 해로운 것 너무 먹어 병든 사람 늘어
나는데도

하늘은 구름이 끼어야만 비가 오고 해가 지면 어둠이 오
는 법칙을
고장을 내고도 태연자약 살찐 배만 채우려고 꾸역꾸역

기계를 거꾸로 돌려놓고도
태연한 세상거울
거짓말 잘하는 사회의 거울
진실을 잃어버린 거울
할 수 없이 거울 보면서 더러움 묻은 자신을 보지 못하고
무감각으로 받아들이는 건 불량거울 요술 때문이라지만
최면 걸린 사람들, 사회의 거울은 봐야 한다고들

# 가을정원

노오란 햇빛이 커다란 그릇을 흔들어대니 잠자던 정원 선
하품 하고
부글부글 가을 김장 쉼 없이 발효되어 익어가지
봄여름가을 길고긴 날 직선으로 달려온 김장감들
전통 김장법 숨넘어갈까 봐 저승 계신 할머니
밤하늘에 촘촘히 뿌린 하얀 고추씨 밤마다 흩뿌려 키우고
보름동안 가꾼 둥근 양파 희뿌옇게 썰어 넣고
미풍에 흩날리는 안개후추가루 고루고루 뿌려 넣어
방울방울 이슬소금 뚜득뚜득 뿌려 간 맞춘 가을김장

두꺼운 햇볕 야금야금 씹으며 소화시키느라 뽀글뽀글 하
얀 이빨 드러내고
가느다란 미소로 발효되어 성숙해가는
노랑 빨강 진갈색 초록 회색 회갈색 재료들 어우러져 익
어가는

가을김장 큰 그릇 우주 모든 재료 빠트리지 않고 넣어야
하는 이유
봄여름가을 긴긴 날 단 하루라도 잠잤다면 저리도 곱게
발효됐을까
비바람 이슬 구름 햇빛 중 단 한 명이라도 결석했다면 저
리도 곱게 익어갈까

느티나무 진갈색 쪽동백 엷은 노랑 짙은 핑크색 단풍나무
노오란 은행나무들
갖가지 양념으로 만든 가을식탁 제마다 독특한 맛 삶의
레시피 익어가고
커다란 그릇에 담긴 발효 김치 우주를 향해 성장해가고

수억 년 자란 모래 손자 특수 세라믹 김치그릇
천만 년 세월을 업고 살아가지

# 미래에서 온 세상 4
– 2백 살 먹은 노인


넓은 해양에 물결이 일렁이고 높은 산 초목이 태풍에 몸살
앓고
폭풍우에 지상 만물이 가쁜 숨 몰아쉬고 수많은 입자들 전
신이 뒤틀리고


에디슨과 스티브 잡스가 말한다


인간살이 너무 고달프다고 하루에 10만 번 생각하고
눈은 수십만 번 보고 손은 수조 번 만지고 더듬고
발은 수조 군데를 디뎌 너무너무 고달픈 인생살이


에디슨과 스티브 잡스가 말한다


앱을 개발해야 해 전신에 센서를 부착해야지
하루에 움직일 수 있는 숫자 측정
이목구비 수족 움직임 계량 측정
과부하면 자동 멈춤 개발 적당한 용량 넘지 않게
비상벨 설치하고 자정과 조정능력 센서 스마트폰 입력하여


에디슨과 스티브 잡스가 말한다


용량대로 사용하고 과부하 과용만 피하면

인간들 편안히 오래 살 걸

에디슨과 스티브 잡스가 말한다

과욕으로 단명하고 과탐으로 쉬 망가져
제 수명 다 살지 못하는 인간들이라고
이런 세상 탓 하는 미래인들 넘치는 행복한 웃음

# 창궐하는 인질폭파범

일차 세계대전에 숨진 인간 목숨 천만 명
바이러스 폭탄에 숨진 삼천만 명

바이러스
구제역
인플루엔자
에볼라
인간을 향해 전쟁을 선포한 흉기들

대항할 무기 백신으로
그들의 가슴을 겨누지만 좀처럼 적중하기 힘든 전쟁
세균은 도처에서 예고 없이 불쑥불쑥 군중 사이로 잠입해
협박하고

도처에 인간 바이러스
세균에게서 전수한 공격성
일국의 중심을 폭파하겠다는
바이러스

IS에게서 전염된 인류를 함몰시키려는 위세
세계는 쭈그러드는데
핵폭탄의 백신보다
양심의 백신이 필요한 세상

# 아라비아 국적 지닌 31명

우리 집 벽에 기생하는 녀석들 뛰어 내려와 도망가기도
하고
빨리 갔으면 싶은데도 느림보 먼데 보였는데 어느새 코앞
에 쑥 내밀고
천천히 가라고 애원해도 금방 도망 가버리고 빨리 오길
기다리면 느릿느릿
31명이 줄을 서서 제 자리 지키며 느리게 왔다간 금방 가
는 빨간 얼굴
빨간 옷 입은 반가운 녀석아 제발 천천히 가렴 애원하지
만 들은 척 만 척

죽은 녀석 살아 있는 녀석 죽었다가 다시 살아나고
멀리 갔다가 다시 돌아오며 인간을 교란시키다 생을 마감
할 녀석들

아니다,
인간에게 죽음 전념시키고 영원히 살아가는 요술 같은 숫
자들

# 비밀 창고의 세포

우리 집 장롱 뒤 꼭꼭 숨어 있는 작디작은 미세먼지
우리 집서 태어난 것도 우리 동네 우리나라서 탄생한 것도
아니지
온 세계를 떠돌다가 지구를 샅샅이 구경하며 우주를 떠돌
다가
눈치 채지 못하게 우리 집 살며시 들어와 장롱 뒤 숨어들고

인간 세계 온갖 비리 다 보고 몰래 숨어든 비밀 몸속에
온갖 정보 다 알고 있으니 함부로
나를 털지 말라고 갖은 배짱 다 부리며
깊숙이 숨어 희희낙락 즐기는 미세먼지 미세포

일미진중 시방세계라는 말 새겨보면
내 안에 얼마나 많은 비밀 입력됐다는 걸
피 한 방울 속 2백만 명 동료가 살고 있지
십 배나 많은 유전자 품고 있는 나 하나의 미세먼지

바로,
내 뇌 속에 숨어 있는 우주의 비밀; 미세먼지 같은 세포 하나

# 창조하는 시간

너, 평생 동안 생산에만 힘쓰고
나뭇가지에 벌레가 꿈틀거릴 때
너는 열심히 독촉하여
잎 꽃 열매로 생산하는 너

너, 아장아장
걸음마 힘겨운 아가
등 뒤에서 밀다가
앞에서 끌어당기다가
인생열매 튼실하게 맺으라고
호되게 독촉하던 너

너, 긍정 눈으로 보면
생산적인 일 많이 하고
부정 시각으로 보면
세상만물 파괴를 일삼고 사는 너

나는, 창조의 원동력인 네 모습에 흠뻑 정들어버려
너와 함께 즐거운 친구로 살고 싶다

너와 함께 친구 되어
제발 느릿느릿 걷자구나
내가 좀 빨리 걸을지라도

# 낮과 밤


새벽 어스름이 미적거리다가 꼬리가 뭉텅 잘리고
벽에 빨간 아라비아 계급장 경고도 무시한 채 밤새도록
머물다가
하얀빛에 검은 너는 꼬리가 잘린 채 슬며시 창틈으로 도
망가 버리고
검은 것만 찾아다니는 녀석 기형아가 되어버린 채 흔적을
감추고
밝은 걸 좋아하는 녀석 오늘도 온전하게 자랄 수 있다고
벽에 걸린 빨간 얼굴과 희희낙락

돈이 들어오면 부자가 되고 나가면 가난뱅이 된다고
빨간 얼굴이 감언이설로 꼬드기고
주머니만 지키면 바보가 된다는 돈 앞에서
진리는 쏙 빼버리는 디지털 깜박이 세월 계산기

하양이 온전하게 성장하려면 까망이 꼬리가 잘려 기형이
되어야 하고
흰 것 검은 것 교대로 제 잘났다고 자리다툼하며 살아가
는데
누가 우주 시계 거꾸로 돌릴 수 있으랴

# 4
## 각박한 삶의 현장

세 발로 걷는 장님 아저씨
잠자는 이 발에 걸려 기우뚱
장님 아저씨 잠이 퍼뜩 깨지만
모두가 잠만 쿨쿨

# 식탐부리는 세월

바위 돌멩이 자갈도 갉아 먹는 녀석
사람 사는 집 귀퉁이도 지붕도 안방 벽 가리지 않고
가정용품 닥치는 대로 샅샅이 갉아먹고 나서
시치미 딱 떼고 종적 묘연하지

늙은이 만나면 얼굴 손 등 허리 다리 흡혈귀처럼 빨아대고
피와 살을 홀쭉 빨아먹고선 슬쩍 도망가고

지나간 자리엔 죽은 씨앗
껍데기만 흔적으로 흩으려 놓고 희희낙락 살아가지

찬찬히 지켜보면 제자리걸음
한 눈 팔면 후딱 가버리는 교활한 녀석
같이 살고 싶지만 그럴 수도 저럴 수도 없어
사람들은 뒷모습만 바라보며
참 빠르다 정말 빠르다 감탄 또 감탄

앞에 있을 땐 눈이 멀어 보지 못하고
뒷모습 바라보며 푸념만 늘어놓고
흡혈귀만 원망하는 덜 똑똑한 우리 인간들

# 각박한 삶의 현장

많은 사람이 타고 있는 전동차 안 여중학생 네 명의 조잘거림
예쁜 얼굴 폼 나는 옷 신발 자기 것 아니고 엄마 아빠 것
피곤이 잔뜩 묻은 노인들 지나간 시대의 옷 아들딸들 옷이 아니고 자신의 것
고생고생 함께 만든 자신의 옷, 아들딸 옷을 입은 이 간혹 폼 나게 앉아 있고
재벌부모 만난 아들 딸 성년 된 지 오래건만 부모 옷 입고 어깨가 뻣뻣

부모 옷 입고
자식 옷 입고
갖은 폼 다 잡고

자기 옷 근근이 장만해 입고 사는 청장년들 허리 휘청휘청
전철로 인생 여행 하는 많은 이들 피곤에 지쳐 잠만 쿨쿨

세 발로 걷는 장님 아저씨 잠자는 이 발에 걸려 기우뚱
장님 아저씨 잠이 퍼뜩 깨지만
모두가 잠만 쿨쿨

# 해 질 녘 재래시장


공짜 전동차에서 내린 노파들
식재료 사려고 재래시장 기우뚱기우뚱
백화점 보다 한결 늙어 보이는
턱없이 싸게 유혹하는 떨이 물건들
싸구려 사려고 마지막 떨이몸뚱이
마구 굴리며 몰려들고

호화롭던 백화점 인생들도 어느새 재래시장으로 밀려나고
물건 가치 떨어지고 낡아도 끝내는 다 팔려나가고
저마다 갈 곳 잊지 않고 찾아가는 운명

제 갈 길 찾아가는 떨이인생과 떨이 물건들

# 새벽 골목길

희미한 가로등 이불 덮고
깊은 잠에 빠진 좁다란 골목길
선잠 깰까 자작자작 돌 지난 아이 걸음걸이로

밤새 골목길 잠재운 어슴푸레한 가로등
엎치락뒤치락 눈 부비며
밝은 낮 잠잘 곳 찾는 작디작은 가로등

선잠 깰까 온 정성 챙겨 딛는 발자국 앞에
매정하게 버려진 담배꽁초
단물 다 빨아먹고 이혼 당한 몰골
이 세상 끝까지 사랑하자던 달콤함 하소연마저 사라지고

밝은 세상 오면
깨어난 세상 되면
힘 못 쓰고 사라질 가로등
밟히고 짓밟히는 정든 친구들과
헤어지려니 서글픈 눈물만 타다 남은
가슴에서 녹진하게 묻어나는 여운
서글픈 군상들 침묵의 새벽 눈물

# 항소 상고

정원에 수학선생이 언제 다녀갔을까

느티나무 단풍나무 쪽동백 백목련 화살나무 배롱나무 회
양목 주목 쥐똥나무 앵두나무 소나무 굴참나무 신갈나무
상수리나무 잣나무……
수학 과외수업 철저히 받았는지 모두가 수학의 천재들
열이란 달, 열다섯이라는 날짜, 정확하게 외워 3분의 1쯤
노랗고, 3분의 1은 갈색, 3분의 1은 초록, 정확한 계산으
로 남겨 놓고, 일주일 다가오면 5분의 4를 갈색으로 그려
놓겠단다
수학천재 단풍나무는 이미 갈색으로 전체를 그려 놓고,
과외 복습 않고 아직도 잠만 쿨쿨, 늦잠꾸러기 회양목 언
제 수학공부 따라가려고 시치미 떼고 누워있고

열매를 1백 프로 빨갛게 물들이고 잎사귀는 3분의 1만 갈
색으로 칠한 산사 나무에, 까치 한 마리 산사 열매가지에
삽짝 날아와, 몇 개 먹고 몇 개 남길까 계산 못해 머뭇머뭇
삐이륵 삐이륵 삐이륵 종달새 대신 셈해준다고 요란 떨고
까치 꼬리 세 번 흔들며 이제야 정답 알았노라 종달새에
게 미소 화답

살랑살랑 미풍에 자잘한 눈을 껌벅껌벅 회화나무 작은

입들
소나무가 사철 푸르다는 건 수학 못하는 인간들의 왜곡
3분의 1은 갈색 3분의 2는 늘 푸르르 청청이라는데
수학 없는 세상은 살맛 안 난다고 나무들은 말하고
수학 너무 모른다고 인간들에게 야유하는 노오란 쪽동백
의 혀
기초 셈법도 몰라서 쌈박질만 즐긴다고 인간 향해 은근슬
쩍 야유하고

형제자매 유산상속 계산 땜에 죽을 때까지 입 막고 원수
맺는 인간들
제발 수학공부 좀 해라 공원 나무들이 한꺼번에 야유 박
수치며 일어서네
낯간지러워 못살겠다고 회화나무 킥킥 바람 등지며 돌아
서고

인간들아
인간들아
형제지간 친구지간 쌈박질 끝 못 내고 전문가 찾아다녀
숫자 풀어 달라 매달리지 말고 제발 수학공부 좀 하거라
판단사는 더 엉터리란다, 같은 사안 무죄 유죄 횡설수설

# 사랑씨앗

야구장을 꽉 채운 청춘남녀의 젊은 광장
생기 넘치는 씨앗들의 꿈틀거림
봄볕에 취해 발아 되려고 꿈틀꿈틀
사랑 에어로졸 먼지처럼 날아다니고
젊은 열기에 묻은 씨앗들 안식처 향해
펄펄 끓는 가슴 속으로 소리 없이 숨어들고

볕과 어둠의 균형 찾아 들어가고
강약 정동의 그늘 속으로 파고드는 젊음씨앗
쉴 새 없이 안착하려 발버둥치는 씨앗들

함성이 터진다
웃음이 터진다
꽃이 터진다
미래가 터진다

씨앗이 발아되어
꽃과 행복의 열매가
피어나는 함성이 보인다
미래를 짊어진 씨앗들의 광장

# 세월 측정기

사방은 캄캄하고 고요한
아래위로 두 눈 깜박거리는 빨간 디지털 얼굴
까만 빨간 옷 입고 벽에 줄맞춰 서 있는 얼굴들
가만히 한 자리에 있으면서도 매일매일 변하는 얼굴

두 개로 한 얼굴 하나로 한 얼굴 될 때도 있고
빨간 얼굴도 드문드문 줄 맞춰 서 있고
날마다 색깔 다른 옷 갈아입는 디지털 시계
나를 놀리기도 휴식 선물하며 일거수일투족 간섭하고

네게 평생을 휘둘려 온 나는 네가 무섭고 고맙고 위대하
단 생각이 들어
세계 도처에 종족 번성시켜 세계 인류를 맘대로 조종하는
너
잠시도 네 곁을 떠날 수 없어 오늘도 동행할 준비와 각오
로 새벽부터
단단한 각오로 너를 맞이한다

# 진보적 사고

내게 발이 여럿이라 참 다행이다
세포에도 유전자에도 발이 여럿 있어 매일 앞으로 나갈
수 있어 다행
그림자가 시간을 데리고 앞서 달리지만 발이 여럿이라 따
라갈 수 있어 다행

발이 없는 사람이거나 있어도 걸을 줄 모르는 이 보면 참
다행
날마다 셀 수 없이 발이 생기고 또 생겨 세월을 따라잡는
튼튼한 발
빠른 시대에 깊은 산중 묵은 세월 찾는 우를 범하지 않아
참 다행
정신에도 마음에도 생각에도 채소밭 상추처럼 내 발 쑥쑥
참 다행

종묘광장 잠 못 드는 이들
아무개 대통령이 지금까지 살았으면 세계 제일 잘 사는
나라가 됐을 거야!
하먼하먼 고럼고럼 그라제 그라제……
아침에 이방인 아들 딸 손주들과 언쟁 약발 지속돼 토해
대는 울분
꼬끼오 꼬끼오 멍멍 멍멍 자동차소리 기적소리 들리지 않

는 깊고 깊은 산중 실감

봄여름 지나 과일나무 붉게 물들었는데 언제 봄이 오려나
뒤만 돌아보면서 눈 부라리며 자신을 지키고 있는 이들
고성만 높아가고
호화찬란한 옷 입고 높은 의자에 앉은 중독자들 입이 귀
밑으로 찢어지고

참 다행이지
앞으로 달려 갈 수 있는
발이 여럿인 게
참 다행이지, 나는

# 반복되는 생사

엘리베이터 향해 쪼르르 달려가니 매정하게 스르르 다물
어 버리는 입
허탈해진 손 주머니 속에서 장님이 되어버리고
깔깔대며 비웃는 동전들 멱살잡이로 끌어내 바닥에 홱 던
져버리는 검은손
땅바닥에 산산조각 부서지는 분침 초침들
24미터 큰 키 망설임 없이 한입에 뚝 베어 조각조각 씹어
먹는 엘리베이터

하루 내내 조각조각 부수려고 덤벼드는 사물들
오늘도 수없이 마주쳤지만 한 순간도 쉬지 않고
24미터나 되는 큰 키도 어느새 부스러기로 변해버려
빨간 립스틱 화장한 입술로 냉큼 집어 먹어버리는 무염치
서산
24미터짜리 덩치를 우적우적 얼굴 홍조 되도록 한입에
꿀꺽

24미터 큰 키 어둠속으로 기어들어 잠꼬대 한번 없이 쿨쿨
일찍 일어나 기지개 켠다, 다시 24미터짜리로 성장하여
또 다른 옷 갈아입고 다가와 오늘도 잘 지내보자고 사리
살랑 아양

# 귀로 먹는 음식

음식점 앞을 지나면 여사장님
햇살미소 보내며 손짓으로 인사
바쁜 걸음 멈추지 않을 수 없지
새콤시큼 달착지근한 토속음식 한 젓가락
냉큼 넣어주는 미소 레시피
어느새 귓속으로 들어가
온 뇌 안으로 퍼져 나가고
맛있는 음식 여운
하루 종일 맴돈다

같은 말 더 맛있게
만들어 내 놓는 요리사
주는 말 한 마디
받아먹는 상대방
오랫동안 기쁨 주는
한 마디의 웃음요리

요리 잘해서 내놓으면
주는 이
받아먹는 이
행복해지는
맛있게 만드는 말요리사

# 부끄러운 흔적

마사토 등산로에 흙먼지 모래자갈 위에 선명한 발자국
열 개는 올라간, 또 열 개는 꼭 내려온 발자국
올라가면 반드시 내려 인생길 마음 가다듬어 걸으며
걸어왔던 길 걸어갔던 길
가슴 속 또렷이 자국 남겨 놓고

두 눈 부릅뜨고 나를 노려보며 경종 울리고
변명일랑 꿈도 꾸지 말라며 야무지게 벼르는 발자국들
엄마 손때 묻은 부지깽이로 하나둘 살펴보니
잘 못 디뎌 미끄러지면서 찍힌 무질서한 발자국
실수 깨닫고 넘어지지 않으려 버둥거린 불쌍한 발자국
낯 뜨거운 일 감추려는 무염치 발자국
곱고 예쁜 발자국 하나도 눈에 띄질 않고

서글픈 마음 고개 들어 하늘 우러르니 나뭇가지에 앉은
산비둘기 내 발자국 열심히 지우고 있다
찬찬히 주어 담으려니, 후르르 공중땅으로 날갯짓
비둘기가 달린다
참새도 뛴다
지빠귀도 뒤질세라 헐레벌떡 달린다, 발자국들 남기며
공중땅 아름다운 황금발자국들 부럽기만 하여라, 한없이

# 벽에 걸린 액자

벽에 사진 그림 글씨가 날마다 내게 말을 걸어오지만
말귈 알아듣질 못해 소통불능인 나
방문객이 다가 가면 액자 고개 끄덕끄덕 보란 듯 뽐내고
그림액자 언제나 자기 자랑만 늘어놓고
사진액자 옛을 지금이라 우겨대며 거짓말만 해대고
글액자 너무너무 도도하게 날마다 훈계하려들지만
내 귀 어두워 들질 못해 다행인지 불행인지, 바쁜 세상 차
라리 다행

나는 말귀가 어둡다
액자가 쉬지 않고 말하건만 알아듣지 못하는 나
있는 것도 말하는 것도 듣도 보도 못하는 나

처음 방문한 사람 액자 앞에 다가가
귀를 대고 듣고
눈을 크게 뜨고
화기애애한 분위기

한참동안 서서 고개 끄덕이며 대화하는 방문객
그제야 액자가 하는 말 귀담아 들으려고
가다듬어 보는 나

# 편협한 마음

지구가 가려서 지구가 어둡다
달이 가려도 환하게 보이는 달
그늘지고 어두울수록 더더욱 잘 보이는 하늘
하얀 은가루 씨앗들 하늘이 어두워서 초롱초롱 보이고

지상엔 너무 밝아 보이지 않는 것 많고 많지
물체와 공간 보이지 않아 크게 눈 떠도 보이지 않고
눈이 물체를 보는 게 아니라는 걸 어둠이 알려주고

마음이 적당히 그늘지고 알맞게 어두워지면 더 잘 보이지
익숙한 사물도 늘 있던 곳 이탈 하고 나면 더듬더듬 손끝
으로
뇌 속 센서 작동시켜보지만 찾기가 힘들지, 너무 밝아서

# 우주가 담긴 티끌 하나

콩을 쌀에 담아 밥하려다가 아차 계단에 쏟아져
빗자루로 쓸자니 먼지투성이 한 알 한 알 주워 담는데
자루를 벗어난 콩 집과 밖이 달라지는 남편 얼굴 닮았고
하나하나 하루 이틀 한 달 두 달 일 년이 묻어 있는 한 알
의 콩
봄여름가을겨울 주워 담으며
비바람 이슬 햇볕 냄새 맡아 보고
달빛 별빛 반짝이는 콩알 한 개

농부의 땀 냄새
땅속 종합 영양질 손끝에 에너지 전달
농부의 인생관 주어 담으며

마지막 나를 주워 담고 마음 옷깃 여며 본다

# 잃어버린 번호표


길바닥에 노란 나뭇잎이 소곤대니 가을이 뒤따라와 엿듣고
하얀 눈이 펄펄 내리니 겨울이 따라와 난동 부리고
운구차가 지나가니 빈자리에서 신생아가 울어대고

걸레질 자주하다 보니 더러워지고
욕 해버리고 나니 마음이 깨끗해지고
저녁 해 물구나무서니 어둠이 꾸역꾸역 몰려오고

백에서 영까지 세면서 살아온 나
지금껏 이렇게 사느라 몸에 살찔 틈 없었고
나는 언제쯤이나 바른 순서를 찾아 걸을 수 있을지

전철 출근길 사람들 먹을거리 찾아 뒤죽박죽 거꾸로 살기
에 바쁘고
돈 때문에 아비와 형을 먼저 보냈다는 뉴스 쯤
거꾸로 먹으며 사는 사람들 눈썹 하나 까딱 않고
생쥐 펭귄 나비 꿀돼지 개새끼들이 다닐 길 내느라
24시간도 부족 추위 더위 아랑곳 않고 새로 낸 길
나비걸음으로 잘도 걷고

갑자기 하늘에서 뇌성벽력 요란
반드시 구름이 껴야만 비가 온다는 경고 폭탄

# 배고픈 욕망

웅장한 산꼭대기를 바라보면 정복하고 싶고
내 뇌 속엔 높은 산이 항상 꿈틀거리고
높고 낮은 크고 작은 많은 산이 꿈틀거리는 뇌 속
높았다가 낮았다가 시시때때로 변하기도 하는 산
이 산을 오르고 싶다가도 저 산을 오르고
높고 아름다운 산일수록 험난한 계곡 암석이 가로막고

평생 동안 한 산만 바라보고 오르는 이 많다지만
난 시시때때로 바꿔가며 평생을 허비하며 산 동경해왔지

작은 산을 수없이 정복하다가
일생을 마칠까 봐 조바심하는 내 뇌
뇌 속에 있는 산 싱싱하게 살아있어
거짓말로 유혹할 때도 많아 혼란에 빠트려 허우적대고

산 높이와 내 키를 알고 산을 올라가야 한다면서도
오르지 못할 산 아예 쳐다보지 말라면서도

너무너무 커다란 산
분수를 초월한 산 나를 유혹하지
난 산만 보면 올라가려는 덧없는 욕망 꿈틀거리지
평생을 올라가도 못다 오를 산이지만

# 불평등 사회구조

길가에 세워둔 오토바이
싸구려 모텔 앞에 고개 숙이고 잠든 승용차
노숙인 몸에서 살아가는 옷
골프장 필드에 휘날리는 골프채
일류호텔 국빈대접 받으며
폼 잡고 살아가는 사물들
전동차 안에 우글거리는 사물들
저마다 신분 따라 처세하기에 바쁘고

태어날 때부터 유전자 달라
품격 쓰임새 따라
각각 다르게 사는데

인간만 평등하다고
입에 발린 소리들
서글픈 귀만
배고픈 귀만
부모 잘못 만난 귀만
정처 없이 헤맨다

평등이란 거짓말 중에
으뜸인 걸 어쩌랴

# 뒷걸음질 익숙한 타성

정원의 나무는 늙어가고
집 속에 벽돌 철근 유리 늙어가고
벽지도 하루가 다르게 늙어가고
이웃집 아저씨도 아주머니도 늙어가고
갓 태어난 아이도 늙어가고
높은 산도 점점 늙어서 작아져 가고

세상은 온통 늙어가고
생물 무생물 만물이 늙어가고
삼라만상 세월을 사각사각 갉아 먹으며 늙어가고

갓 태어난 강아지도 세월을 갉아 먹고
방금 나온 송아지도 나이를 툭툭 떼먹으며 늙어가고

벽에 걸린 액자
하루하루 쉬지 않고 늙어 가는데
액자 사진만 늙지 않고 과거로 뒷걸음질 치고
꼬물꼬물 한발자국씩 자꾸만 뒷걸음질 치네

액자 속 자세히 들여다보면 할 수 없이
뒤로 뒤로
옛날로만 철없이 걸어가려고만 애쓰는 나의 뇌

# 생각씨앗 갈무리

아침에 눈뜨면 많은 것들이 보아 달라 애원
보기만하면 순식간에 죽어버리니 죽기 전에 쓸어 담아야
하는데
발아될 때까지 뇌 속에 꼭꼭 묻어 두고 짬짬이 물을 주며
햇볕에 노출되면 씨앗 마르고 새들이 쪼아 먹어 버리기도
하고

뇌 속에 비밀씨앗 가득 채우고 하루가 말라버리지 않게 축
축한 뇌 속
갈무리해서 씨앗을 키우기 위해 단단히 다잡아야 하는 아침
튼실하게 발아시키고 죽지 않게 묻어야 싹이 충실하게 트
는 하루
모든 씨앗 묻어야 싹이 튼다지
아침에 눈 뜨면 많은 씨앗들 눈 앞에 어른어른
하루가 죽지 않으려면 튼실하고 알찬 씨앗 골라야 하고
하루가 무럭무럭 자라게 고르는데 신중해야 하는 새아침
재건축 단지에 뒹구는 기왓장이 아닌
수천 년 사적지서 발견한 한 조각 기왓장처럼

# 습관적인 삶

아침잠이 깨면 하루의 목록이 펼쳐진다

하고 싶어도
하기 싫어도
시간이 시키는 대로 해야 하고

찬찬히 살피지 못하면
순서가 뒤바뀌거나
목록을 빠트리기 일쑤

매일 같은 목록이지만 다르지

평생토록 살아가는 계획표
지겹지도 않은지 고치지도 못하고
비슷한 순서만 따라 다니기 일쑤

# 세상은 뒤죽박죽

빛과 어둠이 함께 있는 세상이

아니다

그럴 수도 있다

고장 난 존재들이
세상을 고장내버리고
하느님도 부처님도 무하마드도
무기력해져버리고
믿을만한 데란
어느 하나 없고

세상은 희망이 있다

배고파서 먹이를 찾고
밥그릇이 비어서
새로운 희망이 있고

고장도 고치는 일도

죄다 생명의 질서

# 잠만 잔 뇌

배가 항해하다가 멈추고
배가 정박해 있다가 다시 출항하고

배가 멈추고 있었던 건지
배가 가고 있었던 건지

그 배는 알 수가 없지

잠자며 멈춘 건지
계속 가고 있었던 건지

이른 아침엔
도무지 알 수가 없다

# 도망가는 시간

다 쓰고 나면 또 생기고
생기면 자연스럽게 쓰게 되고
아껴두면 없는 걸 만들기도 하고
있는 걸 없애기도 하고
등산 갈 때 물병처럼
따라 다닌다

꼬박꼬박 저축해 두려고
소비전략 안간힘 써도
소진되어 버려 아쉬움만 남기는 야속한
너

# 해설

손희락(시인·문학평론가)

# 사회, 인간의 위기에 대한  질타의 언어

손희락(시인·문학평론가)

시적 체험과 상상력이 결합된 김승길의 시는 '사회, 인간의 위기'에 대하여, 예술로 승화시킨 특이성을 지니고 있다.

사건, 사물에 대한 의미의 함축보다는 진술 형태의 문장으로 짜였다. 독자들과 소통하는 '메시지'를 중시한 까닭에 병든 의식의 치유를 목적으로 풍자와 분노가 직설적으로 표출된다. 1980년대 이후, 문단에 영향력을 끼쳤던 '해체시'처럼 시의 운율이나 형식은 무시한다. 행간에서 군더더기를 허용한 화자의 시는 느슨하게 풀어진 면도 있지만, 예민한 주제를 다룬 부분에서의 반복적 수사는 시인의 의중이나 의도를 효과적으로 전달하는 장점도 있다.

왜곡된 '세상'과 병든 '인간'의 양심을 향하여 외치고 있는 목소리는 일단 날카롭다. 현실을 신랄하게 비판하기도 하고, 황금만능주의에 젖은 삶의 형태를 조소, 조롱하기도 하면서, 시대적 위기 상황을 환기시킨다. 쓰디쓴 약물 같은 껄끄러운 '질타'

를 내뱉을 때, 은밀한 '속삭임' 보다 '외침' 을 선택한 것은 '존재성 회복' 이 시급하다고 인식하기 때문이다.

고로 김승길의 시는 총체적 삶의 진술이며 자아 깨달음의 공유를 목표로 의미를 부여한다.


표제시 들여다보기

김승길의 시를 통독하면서 먼저 『미래에서 온 세상』이란 표제에 대하여 생각해 보았다. 표제시는 1편에서 4편까지 연작시로 구성되었다.

에디슨 스티브 잡스가 말한다

만물 인터넷시대 잃은 물건 살아있는 생명체 추적하며

에디슨 스티브 잡스가 말한다

인간과 인간 사이 비밀 아닌 비밀까지 훤히 알 수 있는
세상

―「미래에서 온 세상 2 – 삼라만상 센서부착」 부분

우직스럽게 믿어 왔던 창조신도 늙어 수명을 다해

나 몰라라 내팽개쳐버려

우주 모두가 죽음에 달하고

믿었던 과학의 민낯도

믿어왔던 절대신도

자취를 감춰버리고


온통 앞뒤 분간할 수 없는 암흑 세상

생명이 살 수 없는 무용지물인 지구덩어리

— 「미래에서 온 세상 3 – 태양의 수명」 부분


　위에서 인용한 작품을 들여다보면, 시인이 목도한 '현실 세
상'에 대한 관조나 자의식이 포착되는데 충격적이다.

　'인간이 살고 있는 지구를 생명이 살 수 없는 무용지물의 땅
이 되었다'고 단정한다. 지구에 엄습한 위기의 근원은 복제 인
간의 탄생도 가능한, 신의 영역을 침범한 바벨탑 현상이다. 컴퓨
터가 인간을 지배하고, 스마트폰이 인간을 통제하는 모순을 직
관하면서 이미 사망한 '에디슨'과 '스티브 잡스'를 저승에서 호
출하여 시의 행간에 안치시킨다.

　『미래에서 온 세상』이란 표제의 배후에는 깊은 의미가 숨어
있다. 21세기 인간들은 겉으로는 행복하다. 쾌락의 비명을 지르
며 광란의 춤을 춘다. 이런 지구에 생명이 살 수 없다는 비관적
인식은 병든 사회에 대한 관점이며 '절망적 풍자'이다. 황금과

쾌락이 삶의 목표가 되어버린 종말적 현상을 꼬집고, 비꼬며, 비판하고 있는 것이다.

시인은 범부(凡夫)가 보지 못하는 것을 볼 수 있는 견자(見者)이다. 견자는 보이지 않는 것을 보고서, 타인에게 알려주는 존재이다. 김승길의 시는 혼탁함을 정화시키는 비판적 언어로 온갖 사회병리학적 징후들을 폭로하면서 대중 속으로 침투한다.

인간의 삶, 보편적 과정은 거의 동일하다. 과거에서 출발하여 현재에 이르고, 미래를 지향한다. 고로 시집의 표제에서부터 '내출혈의 언어' 같은 통렬한 풍자가 감지된다. 병든 세상을 향하여, 삐딱하게, 날카롭게, 거꾸로 뒤집어가면서, 자신이 감당해야 할 '시대적 사명'을 표출한다.

고백체, 혹은 대화체로 외치는 이번 시집의 가치는 시인의 관(觀)에서 그 여부가 결정된다고 할 것이다. 현실을 응시한 예리한 독기(毒氣)가 내장되어 있을 때, 표출되는 메시지는 충격적 울림으로 독자들의 가슴을 파고들기 때문이다.


## 한정된 시간, 혼돈에서 빛을 추적하는 몸부림

황혼길을 걷고 있는 시인은 어느 날, 피할 수 없는 죽음을 예감한다. 한줌 남은 시간에 쫓겨 뜀박질 하고 있는 발걸음이 다급하다. 신(神)이 '허락한 시간'을 이미 허비해버렸기 때문에, 하루 24시간에 대하여 애착을 갖는다.

하루라는 시간 속에는 '빛'과 '어둠'이 교차한다. 과거를 회상하여 반성하고, 현재를 직관하여 자신과 싸우고, 미래를 예감하여 사후(死後)를 대비해야 한다.

이 세상에 왔다가 떠나가기까지 자아의 본질을 추적하고, 삶을 반듯하게 건설하는 데 주력하고 있음을 감지하게 된다.

화자의 진리적 깨달음은 중년 이후의 상황임을 유추해 볼 수 있고, 자신과 타인을 향해 진지한 탐색을 유도하는 '다급한 목소리'로 접근한다.

배가 항해하다가 멈추고
배가 정박해 있다가 다시 출항하고

배가 멈추고 있었던 건지
배가 가고 있었던 건지

그 배는 알 수가 없지

잠자며 멈춘 건지
계속 가고 있었던 건지

이른 아침엔
도무지 알 수가 없다

― 「잠만 잔 뇌」 전문

이 시는 인생을 '배'로 비유했다. 배가 가는지, 안 가는지, 위치 파악도 못하고, 항로 점검도 아니 하고, 깊은 잠에 빠져있는 현대인의 실상을 그렸다.

긴 잠에서 깨어나려는 '처절한 몸부림'이 요구된다는 의미 깊은 메시지가 내포되었다.

이 시의 모티프는 화자 자신이다. 배가 가는 건지, 아니 가는 건지, 깊은 잠에 빠졌던 과거 에 대한 '후회의 독백'이다. 자아 체험이 함축된 이 시의 결미에서 '이른 아침엔/도무지 때를 알 수가 없다' 마무리 한다.

헛된 것에 취했던 '욕망의 잠'은 '이른 아침'에 툴툴 털고 깨어남을 허용하지 않는다. 자아를 성찰하고, 세상을 보는 밝은 눈은 그리 쉽게 뜰 수가 없다. 싱싱한 젊음이 유지되는 때가 '이른 아침'이라면, 중천의 태양이 사라지고 황혼의 어둠이 덮는 '노년'에 가서야 때와 시기, 인생 항해의 중요성을 깨닫게 된다는 메시지이다.

이 시의 결론에서 함축되었지만, '잠에서 깨어난 후', '눈을 뜬 후'에 시인의 몸부림은 처절하였을 것 같다.

<br>

    똑똑하고
    영리한
    커피자판기

    액수만큼 값어치
    딱 맞게 빼내 주지

싼 것 비싼 것
셈해보고
차려내 놓고

실수도
거짓말도
하지 않는
정확한 커피자판기
간혹 병나면 실수하지

고장 나지 않아도
실수하고
거짓말도 예사로 하는
자판기만도 못한 인간들

— 「인생 자판기」 전문

이 시는 자판기와 인간을 대조시킨다. '침묵하는 기계'와 '수
다스러운 인간'을 대조시켜 놓았지만, 침묵의 기계는 '사람'으
로 의인화 되어 있다. 시의 제목을 「인생 자판기」라고 붙였기 때
문이다.
이 시에서의 질타는 타인을 향하지 않는다. 자기 자신을 책망
한다. 허송세월하다가 깊은 잠에서 깨어나 보니, 비로소 자아에
대한 실상이 희미하게나마 보였기 때문이다.

말 못하는 기계보다 진실하지 못했던 삶, 그리고 정확하지 못했던, 자아 앞에서 스스로 실망하였음을 고백한다.

김승길의 시적 톤이 직설적이어서 때론 날카롭지만, 그 날카로움은 자기 자신을 향하고 있다. 자기 자신을 향하면서 독자들을 끌어안기 때문에 시는 공존의 언어, 상생의 언어로 형상화된다.

언어절제가 돋보이는 시어나 매끄러운 운율이 흐르지 않아도 '공감'을 이끌어내는 매력은 진술의 '진실성'과 '솔직함' 때문인 것 같다.

자아 존재의 확인과 성찰을 통해서 독자들에게 다가서는 특징 때문에, 시적 흡인력이 유지된다.

## 반성과 소원의 시학

할머니가 당산나무 아래서
온갖 정성 다 바쳐
두 손 모아 싹싹 비는 걸
보았었다

엄마가 교회에서 절에서
온갖 정성 다 바쳐
두 손 모아 싹싹 비는 걸
보았었다

아빠가 사장님께
온갖 정성 다 바쳐
두 손 모아 싹싹 비는 걸
보았었다

나는 술 취한 어느 날
아내에게 온갖 정성 다 바쳐
두 손 모아 싹싹 빌었었다

아무래도
내 유전자는
속일 수 없는 모양이지

— 「반성과 소원」 전문

　5연 22행으로 짜인 이 시의 특징은 두 가지이다. ① '온갖 정성' 다 바쳐 마음중심을 모으는 것과 ② '두 손 모아 싹싹 빈다'는 행위의 반복이다. 각 연에서 동일한 단어가 중복 사용되어 시를 음미하는 독자들에게 그 '행위 장면'을 각인시킨 것은 의도적이다.
　시의 제목을 그냥 '반성'이라고 붙이지 않고, '소원'을 결합하여 덧붙인 것은, 과거의 회상이나 현재의 인식에 머무르지 않고, 미래적 기원으로 연결시켜, 자아 내면의 갈등을 표출하고 있음을 유추할 수 있다. 4연에서 술에 취하여 두 손 모아 빌고 있는 화자의 소원은 무엇일까? 시의 본문에서는 '아내' 앞에서 빌고 있지만, 그 아내는 실존적 인물인 동시에 갈등·고뇌의 벽으로 상징되는 또 다른 자아(自我)일 수도 있다.

각 연에서 등장하는 '할머니', '어머니', '아버지'는 삶에서 무엇인가를 찾기 위해, 진리를 깨닫기 위해, 빌고, 빌다가 허무로 시들어간 존재들의 이미지로 설정되어 있다.

이미지 속의 인물들은 이 세상에 왔다가 후회로 간 모든 인간들의 '상징'으로 등장한다. 과거 삶의 반성과 간절한 소원을 결합하여 후회 없는 미래를 건설하고픈 '몸부림'이 포착된다.

> 남을 위해 집 한 채 지었지
>
> 하루에도 10만 가지 생각들 미생물처럼 뇌 속 차지하고
> 이랬다
> 저랬다
> 그랬다
> 잡생각에 휘둘러 세 들어 살고 있는 나의 뇌
>
> 설 곳도 살 곳도 잃고 한 평생 세 들어 살고 있지
>
> —「잃어버린 나」부분

이 시에서 시인의 소원은 '부끄러움에서 탈피하는 것'임을 확인하게 된다.

자아 총체적 삶을 통하여 견고한 집을 짓는 건축자로 살았지만, 그것은 착각이었음을 의식한다. 자신을 잃어버렸고, 허비한 시간들은 남을 위해서 집을 짓는 어리석음의 공간의 머물렀음을 반성하면서 자아복원을 시도한다.

'남을 위해 집한 채 지었지' 허탈한 언어로 반복하고 있는 것은, 이 순간까지도 삶에 대한 반성과 갈등에 시달리고 있음을 유추하기에 충분하다.

죽음이 다가오기 전에, 자기를 바로 세워, 실패에서 성공으로 전환하고 싶은 욕망에 불타오른다. 어디에서 잃어버렸는지, 알 수 없는 자아를 찾아서 방향을 전환하려는 비명의 몸짓이 애처롭다. 화자의 시는 잃어버린 버린 삶, 자아 정체성에 대한 회복의 목소리이다.

인생길에서 잃어버린 삶, 자신을 잃어버린 건축은, 아무리 가진 것이 많아도 '헛되고 헛된 것' 임을 인식하기 때문이다.

시인의 날카롭고, 예리한 메시지는 자신의 등짝부터 후려친다. 그리고 벌거벗은 모습으로 대중에게 다가선다. '나는 부끄럽다' , '나는 실패했다' 자인하는 순수를 체감한 독자들이라면 생면부지의 시인과 시의 이면에서 교감이 가능할 것 같다.


## 직설적 언어, 꾸짖음의 미학

자아 반성, 자아 소원성이 결합된 김승길의 시는 은어, 비어, 속어를 거침없이 구사하는 '꾸짖음의 미학' 으로 승화한다. 인간의 탐욕을 무장해제 시키려는 '꾸짖음'은 풍자적 언술 전략이지만, 영혼을 사랑하여 흘리는 뜨거운 눈물처럼 느껴지기도 한다.

이웃집엔 개가 살고 있다
짓지도 않는다
조용히 먹고 싸면서만 산다
태어나서 남을 괴롭힌 적도 없이 살아가는 이웃집 개

착하고 선하게
모범적으로
살아온 걸까

세상에 태어나
남에게 피해도
돕는 일도
한 번도 안 해보고

자기에게만 충실했던 삶이
제일 잘 산 걸까

난
오늘도
이웃집 개
눈여겨보며

나를 살아간다

— 「잘 산다는 것」 전문

이 시에서 등장한 '이웃집 개'는 암시적 상징물이다. 이웃집 개를 의인화시켜 '사람'으로 변환시켜 놓았다. 그 외에 취택한 단어는 평이하다. 자신만의 이익과 배부름을 추구하면서 개처럼 먹고 싸고 하는 것이 잘 사는 것인가? 위엄 있게 묻고 있다. 섬세하고 촘촘한 언어 그물은 아니지만 한 사람도 빠져나갈 수는 없을 것 같다.

자신만을 위하여 먹고 살고, 이기주의적 울타리를 높이 쌓은 상태에서 집 지키는 개처럼, 물질적 부를 사수하려 컹컹 짖어대는 것이 탐욕과 위선으로 위장한 '인간의 실상'이기 때문이다.

이런 현실을 폭로하거나 비트는 풍자시는 단순한 야유와는 구분된다. 내면의 꾸짖음 속에는 인간을 사랑하는 휴머니즘이 뜨겁게 끓고 있기 때문이다.

시인은 결미에서 '이웃집 개'를 눈여겨보며 '나는 살아간다'고 마무리 짓는다. '눈여겨본다'는 말은 '삼가 조심'한다는 뜻이다. 사람이면서 개같이 살고 있는, 희망이 부재한 사회의 모순을 폭로하면서 꾸짖는 충혈된 눈빛이 돋보인다.

사진으로 보면
조화나 실화가
똑같아 보이고

그림으로 보면
조화나 실화가
똑같아 보이지

조화나 실화가
똑같은 건 아니고

종종 조화에게
실화처럼 홀리고

실화를 보고
조화라고 하찮게 대하기도 하고

조화인지
실화인지

찬찬히 살펴가며
살아갈 일 아니겠는가

— 「대인관계」 전문

이 시는 현대인들의 '대인관계'에 대하여 꾸짖고 있다. 비정
상적으로 형성된 사회와 인간의 어리석음에 대한 풍자이다. 그
래서 4연에서는 '홀린다'는 표현을 사용했다.

자아탐욕에 '홀려서' 어긋나는 인간관계에 대한 책임은 자신에게 있음을 깨우친다.

'실화'와 '조화'가 멀리서 보면 엇비슷해 보여도 가까이 다가가서 찬찬히 살피면 구분할 수 있듯이, 삼가조심 하여, 신중한 대인관계를 설정해야 한다는 교훈을 던져 준다.

이 시의 탄생은 직접 체험이 모티브가 된 것 같다. 과거 실패를 경험 삼아서 자신과 독자들을 깨우치며 꾸짖는다.

두 작품 모두 외형적으로 보면 사회적인 문제를 다루면서도 개인적으로 마무리 되고, 개인적이면서 사회문제로 이슈화 되는 공통점이 있다.


가짜는 더 진짜 같고
진짜는 가짜에게 못 이겨
비실비실 하는 세상

진짜 가짜 한 몸으로
유유상종하며 낄낄대는 세상

어느 걸 믿어야 하나
차라리 둘 다
믿지 말까, 믿을까


— 「안갯속 사람」 부분

이 시 역시, 혼탁한 세상과 인간을 풍자하고 있다. 진짜는 진짜대로 가짜는 가짜대로 악취를 풍기는 세상으로 표현하였으니 함축된 의미는 무엇이겠는가? 몽땅 '썩었다'이다. 진짜, 가짜 실체 구분이 안 되는 '안개' 속에 있다는 말은 인간성 상실이 극에 달했다는 뜻이다. 김승길의 시 세계는 '꾸짖음의 미학'을 중심축으로 회전한다. '꾸짖음의 메시지' 뒤에는 죽음이 다가오기 전, '자아 정체성' 확보가 시급하다는 과제를 던져준다.


마무리

시계
달력
세월
다 잡아먹고도
배부르지 않아 동족도 잡아먹고

마지막엔 자신을 잡아먹고
생을 마치는 동물이 지구상에 산다는데

—「늘 배고픈 동물」부분


이 시를 음미하면서 자타(自他)대한 '직설적 꾸짖음'이 김승길 시학의 무의식적인 특징임을 확인하게 된다. 시는 희랍어로 '인간의 영혼에서 끌어내어 온 것(psychagoria)'이란 의미를 갖고 있다. 시의 언어는 진리적이며, 진리로 이끄는 과정이며, 현실을 초월한 궁극적인 문제를 다루며, 영혼을 복되게 하는 지향이어야 한다는 것이다.

화자의 시는 한정된 시간 속에서의 정체성 확립이나, 삶의 방식에 대한 철학이나 의식의 중요성을 부각시키며, 영원한 세계를 지향하다 보니, 행간에서 자신을 노출해 버린 아쉬움은 있다. 그러나 기교로 포장된 언어가 아니기에 담백한 직관이 돋보이고, 풍자적 메시지의 효용성은 매우 크다.

사람으로 태어나 사람답게 살고, 사람답게 죽음을 맞이하자는 시인의 질타는, 죽음을 망각하고 사는 현대인들의 의식에 비수를 꽂는다. 한 줌 재로 변할 수밖에 없는 유한한 물질을 산처럼 쌓아놓고도 '늘 배고픈 동물'들을 '진리적 사람'으로 변화시키기 위하여, 형이상학적 시 짓기를 하고 있다.

개혁된 사회와 참 인간으로의 변신, 그것은 '꿈'이며 '불가능'에 가깝다. 꿈이 이상적이면 이상적일수록 실현될 수 없음을 인식하면서도 유토피아적 비전과 방향을 제시하려 몸부림친다. 시인의 몸부림, 애절한 목소리에 다가서고 싶거나 체감하고 싶은 독자들의 일독을 권한다.